胸有山海

央视新闻 编著

金城出版社
GOLD WALL PRESS

中国·北京

图书在版编目（CIP）数据

胸有山海 / 央视新闻编著 . —— 北京 ：金城出版社
有限公司，2024.3
ISBN 978-7-5155-2451-1

Ⅰ．①胸… Ⅱ．①央… Ⅲ．①中国文学－当代文学－
作品综合集 Ⅳ．① I217.1

中国国家版本馆 CIP 数据核字 (2023) 第 000158 号

作品版权归属于中央广播电视总台
许可金城出版社有限公司出版发行中文（简体）版纸质图书

胸有山海

编　　著	央视新闻
责任编辑	欧阳云
文字编辑	王博涵
责任校对	高　虹
责任印制	李仕杰
开　　本	880 毫米 ×1230 毫米　1/32
印　　张	8.75
字　　数	168 千字
版　　次	2024 年 3 月第 1 版
印　　次	2024 年 3 月第 1 次印刷
印　　刷	小森印刷（北京）有限公司
书　　号	ISBN 978-7-5155-2451-1
定　　价	59.80 元

出版发行	金城出版社有限公司 北京市朝阳区利泽东二路 3 号　邮编：100102
发 行 部	(010) 84254364
编 辑 部	(010) 64391966
总 编 室	(010) 64228516
网　　址	http://www.jccb.com.cn
电子邮箱	jinchengchuban@163.com
法律顾问	北京植德律师事务所　18911105819

序言

敬一丹

夜，读，这两个字在一起，让人想到灯，想到书，想到忙碌喧闹之后终于静下来的气氛，想到独处中渴望与文字交流的心情，于是，夜读，就有了画面感，有了意境。

我与《夜读》有超过十年的缘分。

那是2013年的一天，在中央电视台新闻中心，遇到编辑李伟。

他说："敬大姐，帮我们录首诗啊？"

我问："在哪用啊？"

他说："在央视新闻《夜读》。"

我那时不太明白，这是怎样一个平台，只知道，是个新媒体节目。那时，传统"电视人"看新媒体的目光，有点儿像当年资深"广播人"看新起的"电视人"。走进录音间，李伟把话筒挪开，把手机放在我面前。

"啊？用手机录啊？"

"可以的，我们就是用手机录。"

"能行吗？你们新媒体真任性！"

于是，有了我与《夜读》的第一次合作。那次，我没有录诗，我带去朱伟先生的书《微读节气》，读了其中的一段。在《夜读》里推出时，一听，还行，并没有我担心的"业余"味道。我在电台、电视台的话筒前工作了三十多年，一直觉得在话筒前说话是个挺郑重的事儿，没想到，手机瞬间就把话筒替代了。

过了一个节气，李伟又来了："再读一段呗！"于是，一个一个节气读下来，后来我终于学会自己用手机录音，读完了朱伟的，读宋英杰的，又读申赋渔的……惊蛰、小满、霜降、冬至，一年又一年，读了十年。这十年，每半个月，我读一次节气，不疾不徐，绵绵不断，这个节奏对我来说正好，我享受着夜读中的春夏秋冬，体会着二十四节气里的智慧，吸收着人类非物质文化遗产的营养，分享着静夜里的柔光。

《夜读》越来越丰富，越来越成熟，后来听说，李伟被更年轻的编辑们叫作"伟叔"了，新媒体涌入了一拨拨年轻人，《夜读》也是年轻人在操持着。我们之间都是手机交流，没怎么见过面，我把录音发给他们，那只是简单的素材，然而当作品推出时，有文有图，有声有色，从他们的编辑作品中，从作品的格调中，我猜想，他们是文青气质的，若璐她们这些女生，该是白衣长发那种吧？

　　媒体生产出的新闻作品，很多是易碎的，硬的内容，快的时效，当时再有影响，过后，影响也会衰减。而在央视新闻这样的平台上，《夜读》的很多作品是有恒久的生命力的。同样的内容，出现在新闻节目里，多半是平实硬朗的风格，而出现在《夜读》里，往往更有温度，更柔软，更细腻。比如，我在主持《感动中国》时遇到的年度人物，也会出现在《夜读》里，不同角度的呈现，让樊锦诗、张桂梅、郎平的形象在我心里更加立体丰满。

　　《夜读》是文艺的，也是生活的，在那些美文里，能感受到地气，能摸到脉搏。小屏大视野，有风雨，有彩虹，有欣喜，有迷茫，读出各种感受的时候，会有一种彼此懂得的会意。这感觉，有点儿像年轻时看《读者》。

　　毕竟是新媒体，《夜读》的互动有着独特的价值，那些留言，引发了多少思绪，带来多少共鸣！这种交流有着鲜明的时代感，用心读，可以读出好多意味，可以获得好多启发。

　　《夜读》可读可听，我逐渐习惯了小屏碎片式传播，遇到喜欢的内容,就收藏起来,我隐隐有这样的愿望:要是能把精品内容集中起来出本书就好了。

在《夜读》十年之际,我们看到碎片集结成书。这书,让我看到传播的链条:曾从纸页上精选的文字,转换了方式,在新媒体上传播,再由新媒体回到纸上。介质变了,而内容的选择依然体现着编者的价值观,依然透露着编者的审美倾向。

把这书放在案头枕边,让书香伴着生活。

目录

第一章
乾坤未定，时光正好

成长 ——————————————————— 003
你一无所有，你拥有一切 ——————————— 009
少年，是对一个人极高的评价 ————————— 017
我就是我，我有无数种可能 ——————————— 023
做一个和自己赛跑的人 ———————————— 030
愿我们"只是向上走" ————————————— 041
活着，就要把每一刹那都打开 ————————— 049
三十岁之后，你才是自己的过来人 ——————— 055
你已经做得很好了，不必"但是" ——————— 060
过 ———————————————————— 063

目录

第二章
骑鲸追梦，踏浪前行

每个人的心中都住着一个齐天大圣 —— 072

要有多难，才能找到一生所爱 —— 092

高考之后的远行 —— 105

别给人生留遗憾 —— 112

生当似鹏起，终当如鲸落 —— 117

这世上的热闹，出自孤单 —— 123

别轻蔑少年时感动过的东西 —— 129

年龄的刻度仅仅是光阴的标记 —— 136

勇 —— 141

经历一千种人生 —— 148

目录

第三章
深自缄默，如云漂泊

你不可以拒绝成熟	160
如果你也曾迷茫	167
有得有失，方是人生	172
把过程做好，结果不会差	179
很多事，不值得你浪费情绪	185
一个人待会儿，挺好	191
一个人，也在好好生活	196
真正的世界，放下手机才能看见	204

目录

是时候，与自己和解了 —— 208

你的善良，需要一点锋芒 —— 215

原来真的是我想多了 —— 218

你需要一点儿油，但不是腻 —— 224

你不是不优秀，只是还没等到你的时间 —— 229

到了一定年纪，拼的是扛事的能力 —— 234

自从学会这些事，我轻松多了 —— 239

活得通透，是一种生命力 —— 244

抛开别人的眼光，把自己活成一束光 —— 252

每个"今天"，都是礼物 —— 258

来吧，敬你 —— 261

后记 —— 267

第一章

乾坤未定，时光正好

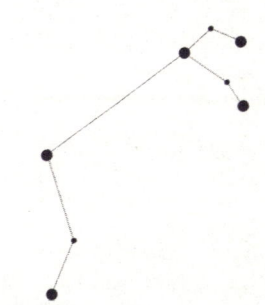

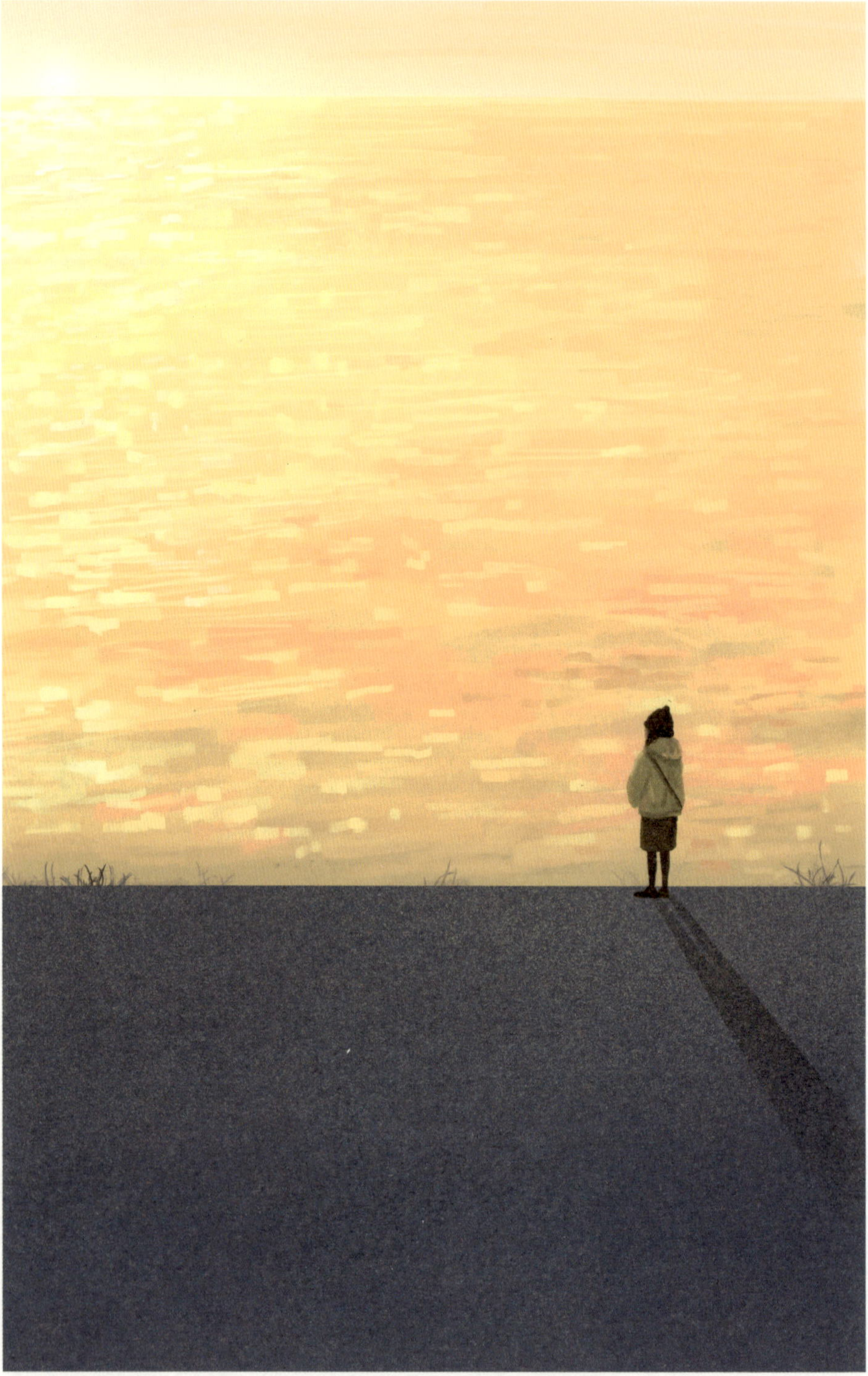

成长

康 辉

在中央广播电视总台《经典咏流传》的一期节目中，康辉回想起自己的21岁，不禁感慨：那时候的眼神那么干净，仿佛对未来有着无限憧憬……

那么，替年少的自己问一句：你长成自己当初喜欢的大人模样了吗？纵使少年不再也罢，愿你眼里星光依旧。

我的成长讲起来很简单，因为好像没有什么辛酸的血泪史，就这么一直走过来，非常顺利。

实际上，每个看似顺利的过程都必定会有波澜，特别是自己内心深处的波澜，因为每个阶段都一定会经历一些坎儿，你要使劲说服自己奋力跨越过去。关于成长，我想分享几点感悟。

1

成长是一个不断认识自己的过程，通过认识自己去认识这个世界。

  这一点我在工作中体会得更深,因为我们这个职业有这样一个特征,就是经常会被一些其实并非真正属于自己的东西笼罩着,被并不属于自己的光环笼罩着,而越是这样的时候,越需要认识自己到底是谁。

  当所有的人都在夸奖你时,你要问问自己,是不是真的像他们说得那么好?

  当周围的人对你一片贬低或者否认时,你要问问自己,是不是真的像他们说得那么差?

  最终,一切在于你内心之中对自己有怎样的认知,你内心的力量到底有多大。

  对自己的这种认识,在人生的每一个阶段都非常重要。比如,你可能正在面临或者即将面临的重大关口就是毕业该怎么选择工作,到底该怎么取舍?究竟是去做自己更感兴趣的事,还是做那些能给自己带来最直接效益的事?怎样取舍,说到底基于你对自己究竟怎样认识,在这个基础上,才可能做出选择。

  如果你清楚地知道去做的这件事情,它是我热爱的,而且通过努力完全可以达到某种水准,你可以勇敢地往前走;如果你通过对自己的判断,知道这件事情虽然我很感兴趣,但是基于我各方面的条件和准备以及一些非常现实的考量,也许我现在做还不合适,那么就需要选择另一条路。一切的一切就在于——认识自己。

  当然,青春有的是时间,为什么不可以去"挥霍"一下?

如果不去做，又怎么能知道到底可不可以？没错，尽可以去试，这个过程正是一个认识自己的过程。但每一次的选择都不能是完全盲目的，每一次的选择都应该是基于那个阶段对自己的认识，而不是被一些概念或者他人对你的定义束缚住。只有不断认识自己，才有成长道路上的选择与取舍。

2

成长是一个逐渐学会、懂得承担责任的过程。

我们来到这个世界上，在慢慢长大的过程中，身上的责任就在一点一点地累加。

都说"我的青春我做主"，但你在做主的时候，一定要考虑到你做主所决定的这种行为会让身边、周围的人有怎样的反应。考虑了，就是懂得负责了。责任可以很大，也可以很小，小到对自己负责、对家人负责，大到对社会负责。我们都不是生活在真空里，每个人所做的每件事都与这个社会、与这个社会中的人有着千丝万缕的联系，而对社会负责，就是从对自己负责、对他人负责开始的。

我觉得，承担社会责任，就是你在这个社会上做一个好人，就足够了。做一个好人，你觉得难吗？其实不难。每个社会都会有基本的价值观、基本的规则，请注意，是基本的价值观与规则，是底线而不是最高标准。做一个好人，就是按照大家所应共同遵循的基本价值观与规则来和其他人相处，不做伤害他人的事，不做伤害自己的事，你就是一个好人。如果每一个人都能够做这样的一个好人的话，这个社会就可以在一个良性轨道上不断向前运行，而这，其实就是我们要承担的社会责任。

3

成长是一个慢慢懂得什么是"尊重"的过程。

学会真正尊重别人，是成长的一个非常重要的标志。这种尊重一定是完全发自内心的，而不仅仅是做出来的一种礼貌性姿态。

这种尊重还在于我们身处的社会每天都在发展、变化，我们可能要接触到很多未必与我们的认知相同的人或事，那么除却一些大是大非的原则性问题之外，我们是不是也可以对一些不同抱有一种宽容、包容？是不是也可以有一种真正的尊重？也就是说，你可以不喜欢，你可以不同意，但是你要尊重它。

我觉得一个人的成长也好，一个国家的成长也好，有这样的一种宽容，这样一种真正的尊重，是一件非常重要的事。这与以一种封闭的心态看待这个世界，会有着本质上的不同。

今天，这个世界还有许多不安的因素存在，一个重要的原因正是人们彼此之间的不了解或者说不愿意去了解。如果人与人、国与国之间都可以有真正的尊重与互相的真正了解，其实很多问题、很多矛盾都可以完全消除。

4

成长是一个逐渐学会质疑、不再盲从的过程。

年轻，时常会很冲动，冲动有的时候正是因为你盲目听从或盲目信任了某些东西，才没有认真地审慎地做出决定。当开始学会运用你的人生经历、人生经验，去判断这些究竟代表了什么，就是在成长了。

如今似乎在社会上很流行成功学，但不是所有被绑上成功标签的人所说的话就一定是真理，一方面我们需要抱着积极的、学习的、正面的心态去聆听去感受，但另一方面，我也希望大家带着一种批判的眼光去质疑甚至去交锋，只有这样，我们的成长才会更有质量。

认识自己，承担责任，懂得尊重，学会质疑，这是我在成长过程中所体会到的非常重要的关键词。

5

成长是一个自然的过程,但又是一个需要不断学习的过程。

我所希望的是,大家不断成长,变得越来越成熟,但不要变得越来越世故。

在我看来,成熟和世故是有很大区别的,最大的区别就在于,成熟是无论经历何等风雨,依然会用一种纯净的眼光看待这个世界,只不过,我会比年轻时看待世界的角度更多,看得更深更广。

而世故,则完全是站在自身利害的角度,始终以一种趋利避害的态度来看待世界,看待一切的人和事,慢慢地你的眼睛就会变得越来越浑浊,看到的世界也会越来越浑浊。当人们看这个世界的目光变得很浑浊的时候,这个世界还会变得美丽、清澈吗?

你一无所有，你拥有一切

卢思浩

二十出头时过的日子可能是最苦恼的日子：你离开学校，脱下学生服，身边的朋友慢慢远离，建立一个不喜欢的交际圈，在现实和梦想的"交际"中逐渐失去存在感。人生不是一条平坦的大道，而是一个不断修正的过程。不知道自己想要什么没关系，一定要牢记自己不想要什么。

这时的你除了手头的青春以外，什么都没有，但就是手头的这些可以决定你会变成什么样的人。

嘴上说说的人生

2009年，我在离家的时候一个劲儿地往自己的硬盘里"塞"《灌篮高手》和《数码宝贝》。我妈用一副不以为然的表情看着我，似乎在说："这么大的人了，居然还这么喜欢看动漫。"

我不知道怎么回应她，只好耸耸肩，因为我实在无法说明这些动漫对我的意义。

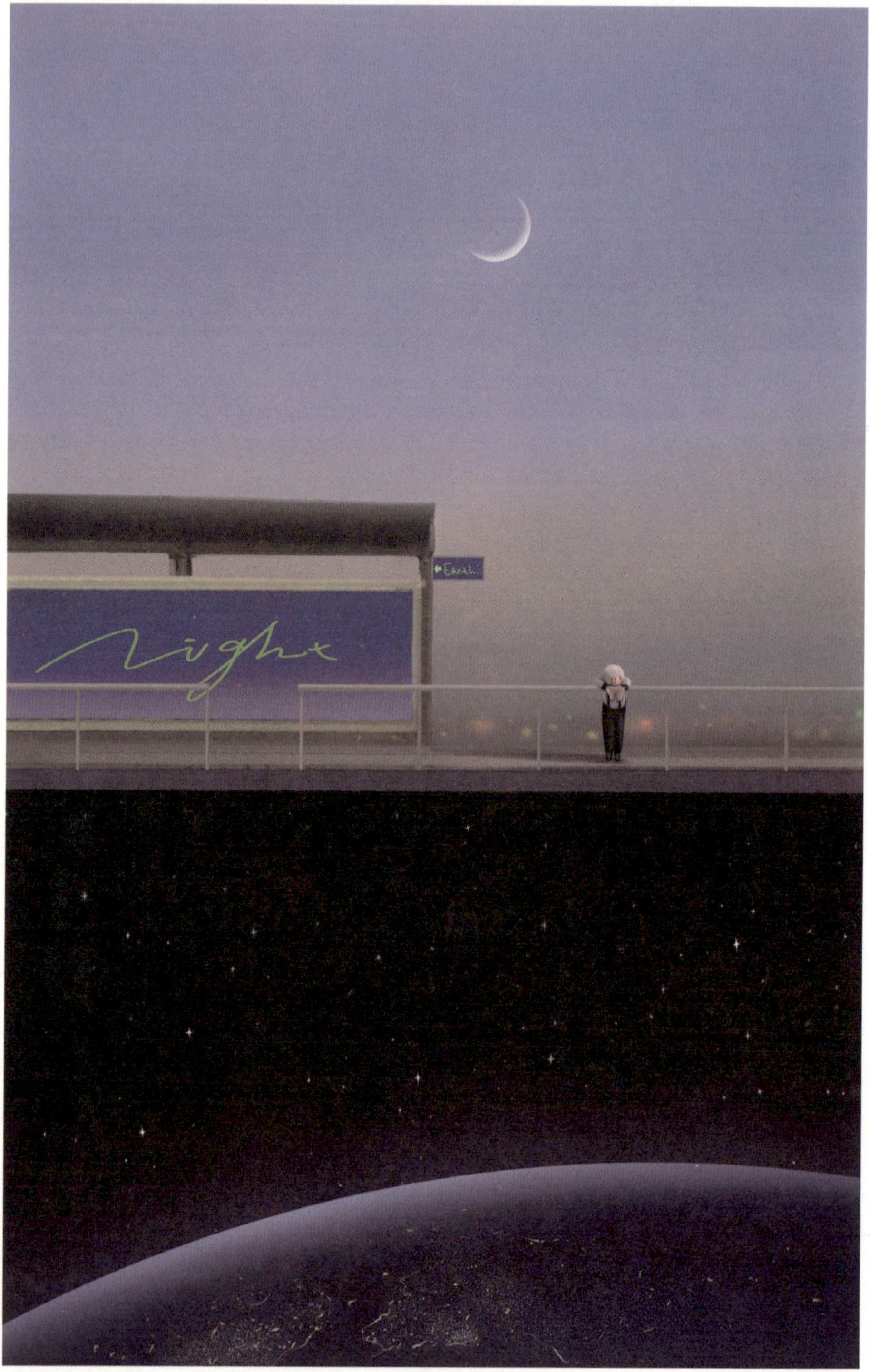
Night
Earth

你知道，有些歌、有些东西就是有那种力量。哪怕它在你的手机里藏了好几年，哪怕它早就过了黄金期，哪怕越来越少的人会提起它。你就是知道，当你听到这首歌的时候，当你看到那些漫画的时候，你就会想到以前的自己，就会获得莫名的力量。这种力量能够让你感受到自己的节奏，让你以跟世界不同的方式独自运转着，你能听到自己。

也许曾经的自己和回忆总要依附在某些东西上，从而让这些东西变得意义非凡。

在记忆里最让你印象深刻的，一定是当年的自己。因为只有在这时你才发现，在嚷嚷着"时间过得太快"的同时，在那些所谓的"物是人非"里，变化最多的人竟然是自己。我不知道什么样的人生是最可怕的，但是我知道当你有一天回头看，发现曾经所说的一切、曾经信誓旦旦的一切变成说说而已的时候，一定不会好受到哪里去。

好像人随着长大，就会把很多东西弄丢。比如那些简单却能让自己充实、开心一天的东西。又如让自己肆意哭和笑的能力，还有那些曾经一起结伴同行的人。最可怕的不是弄丢了这些东西，而是变得心安理得。你开始安慰自己：这就是成长，这就是我们最终会变成的样子。你只是找了个借口继续这样的生活，对以前的自己嗤之以鼻。

只是每当你听到以前听过的歌的时候，或者看到某个人在他自己的道路上坚持下去的时候，你都会像被自己扇了一个大嘴巴一样。看着别人的努力，羡慕一下，然后转身回去过自己的生活的你，连努力都不愿意付出，又凭什么去过自己想要的人生？

努力，是为了给自己一个交代

我曾经为了商谈项目跟包子去北京，对方是一个标准的"80后"，有点儿小胖，特爱贫，北漂。这是他漂着的第三年，伴随着他的是一直没有改变的直爽性格。这是他三年内换的第三份工作，一直没有安稳过。他说起最近的感悟："这些年，我看过很多人，有些人不用做什么就可以有很好的前景，有些人拼死拼活还是没有办法在这个城市里生存。"

认识的一个小姑娘，她曾经差点儿为了男朋友去国外陪读一年，可后来他们还是分手了。再后来，她决定一个人去上海。最苦的时候连顿像样的晚饭都吃不起，就拿着几个包子躲在地铁站里，不知道去哪里。如今，她在上海找到了工作、租了个房子，终于可以自己负担生活了。

曾经，我总是无法理解，明明回到父母身边工作会更好，也可以陪在他们身边，何必在大城市里摸爬滚打，还得不到很好的结果。就像我写过的那些去大城市打拼的年轻人的故事，到最后没办法了，只能回到家乡。那时我不明白，既然到最后还是得回家，当初又何必出走？直到某天我自己面临选择时，才明白他们做决定时的心情。

其实，每个人都不傻，大多数人对接下来会遇到的困难心知肚明，只是有些路哪怕是布满荆棘，他们也会选择走。你知道自己可能不被理解，也不被期待，甚至可能失败，但有些事你依旧会去做。有时候，你需要的只是再坚持一下，而选择放弃对于内心有期待的人来说，从来都不是一件简单的事情。他们要过的，从来都只是自己心里的那道坎儿。

那个北漂着的哥们儿说过，可能自己奋斗了一辈子也一事无成，但这样自己至少不会再有借口，不会在老的时候悔不当初。"你说值得吗？我觉得值得。虽然我直来直往的性格给自己带来了很多麻烦，但这就是我。"

小时候的我总嚷嚷着，努力是为了改变世界。现在我会觉得，有些人努力只是为了变成普通人，有些人努力只是为了给自己一个交代，有些人努力只是为了有所选择。大多数人的努力是改变不了世界的，但至少可以不让自己被世界改变，至少不那么快就"缴械投降"。

也许我们始终都只是小人物，但这并不妨碍我们选择用什么样的方式活下去。窃以为，那些在看透了生活的无奈之后，还是选择不敷衍、不抱怨、不自卑，依旧热爱生活、努力做好身边的事的人，努力便是他们对自己的交代。

只有行动，才能解除你所有的不安

你说想当自由撰稿人，可从不见你努力写稿；你说想考研，可从不见你背单词、做题；你看到学霸时嗤之以鼻，说这样活着没意思；你看到有人旅行，又不屑一顾地说这只是随大溜。我开始怀疑你挂在嘴边的是不是逃避现实的借口，我开始怀疑你是不是在一遍遍地逃避和自我安慰中变得惴惴不安。

于是，你慢慢屈服于自己的欲望。明明几年后能有更好的生活，却一定要现在买最新的包。每个人都想拥有一定的社会地位和物质条件，似乎结果才是最重要的。然而，你有没有想过，你所谓的"所有努力"，是为了满足你的欲望，还是真的追求上进？

终于有一天，你发现你得到了当时想要的结果，可是在那之后，却再也不知道怎么继续了。

世界上是不是真的有所谓的"安全感"，还是因为每个人都说自己没有安全感，所以你也觉得自己没有安全感。我对安全感的定义只有两个：一是别人给你的能量总有一天会消失，只有自己给自己的安全感最可靠，只有行动才会给你带来；二是永远要记得，不管怎样，你都是父母内在的安全感。

所以，当你觉得不安的时候，请想一想身后的父母，想一想他们正在为你打拼；请想一想自己的初衷，然后抬起头继续倔强地走下去。

唯有行动，才能解除你所有的不安。

有梦想，不抱怨

你知道，时间一点点流逝，我们终会因各自的努力或懒惰变得丰富或苍白无力。

我刚开始坚持读书的时候，压根儿没深想这件事对我来说会有什么意义。后来，我渐渐明白，读书也好，不读书也好，生活都在过。只要这件事情让我觉得充实，让我觉得没有浪费时间，那便足够了。

为什么我们一再经受打击还要继续向前走？为什么明明很失望了也不愿意放弃一个人或一个理想？

所有人还坚持向前走着，只是因为他想向前走，只是因为他还不愿意向世界投降。也许没有人跟你完全一样，也没有人可以时时刻刻陪在你身边。也许我们很久以后回过头来看，会连现在珍惜的人的样貌都记不清了。可是，我最大的幸运却是，即便如此，还是有人愿意在有限的时间里用心陪我走过这一段，愿意跟我一起为了梦想努力，经历那些孤单流离。

这样一想，人生也还真是不错呢。

虽然不常听汪峰的歌，但依旧记得他的歌里有这么一句歌词："是否找个理由随波逐流，或是勇敢前行挣脱牢笼？"我想,你知道答案。

你现在一无所有,却拥有一切,因为你还有梦想。只要路是自己选的,就不用怕走远、走偏,生活总会留点儿什么给对它抱有信心的人,就像相信时间的人,时间会留给他一些东西的。

少年，是对一个人极高的评价

2021年，清华大学上海校友会艺术团的一些成员来到中央广播电视总台录制节目，当这群平均年龄74岁的"合唱少年"唱响《少年》这首歌时，全网为之沸腾了。此情此景，我们便明了，"少年"二字需要重新定义了。

若说少年是十五六岁的孩子，可我们分明也从鹤发童颜间看到了青春。若说少年无非鲜衣怒马，可我们分明又从一腔热血里觅到了不朽的理想人格。

近几年当我们将"少年"挂在嘴边时，我们到底在羡慕什么？

少年，活的不是年龄，是心态

"认输吧"，都说了你不行你没戏，听不懂啊？

"认怂吧"，衰老、疾病、死亡，你不怕吗？

"认命吧"，生活的负荷在叫嚣。

似乎避无可避，逼迫你投降的事物太多了。这一刻，你从窗

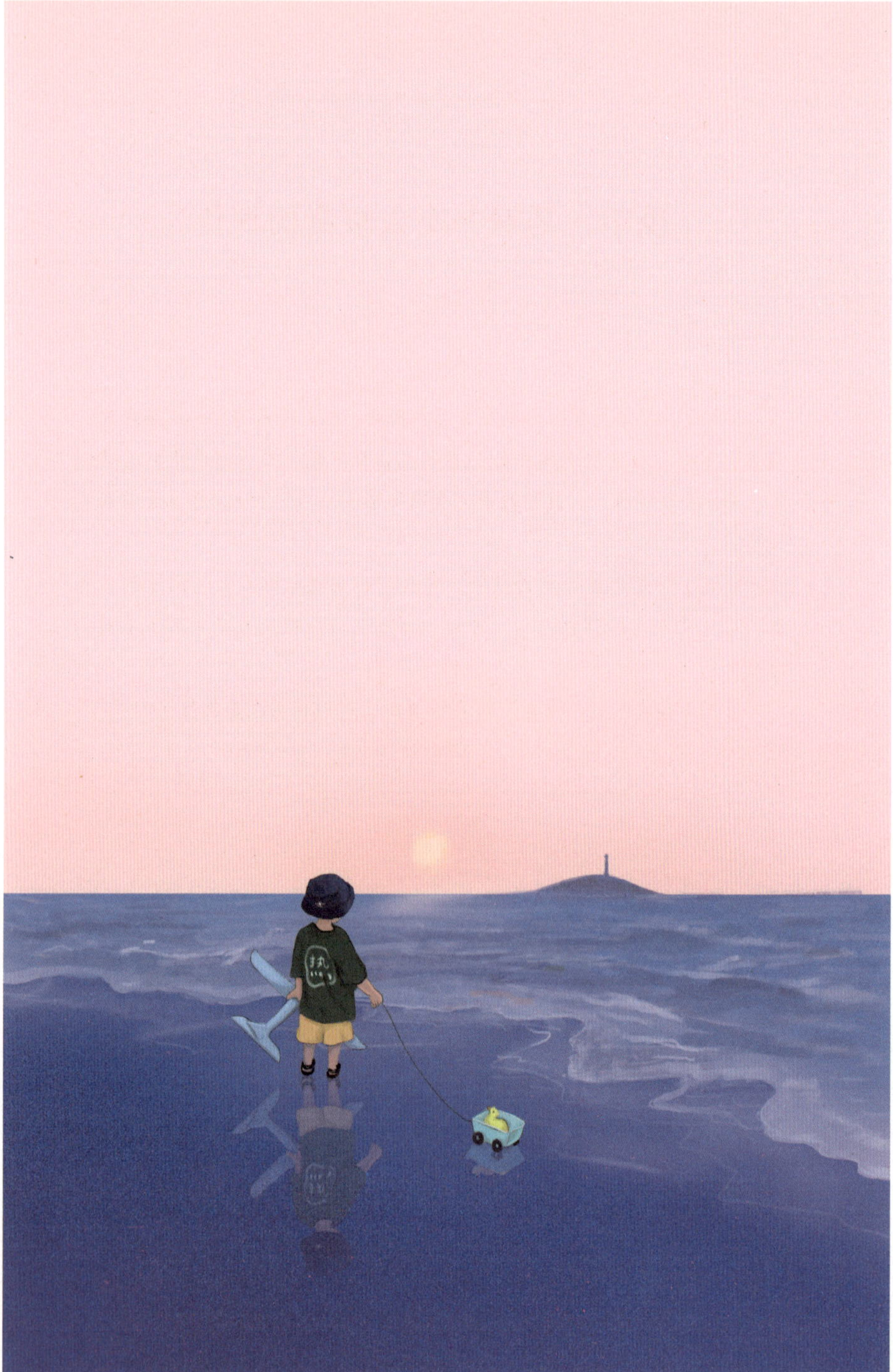

外看去，有再次暗暗下定决心的闪烁，也有心灰意冷的阑珊。

有些人，一到二三十岁，就忘了十八岁的感觉，认为往事只适合回忆，昔日只适合追忆，青春只适合怀念。于是，任由年龄吐丝作茧，包住自己。"我都多少岁了"，成了他们停止生长的最强借口，拒绝未知的，拒绝冒险的，拒绝改变自己，就此抹掉了一切远方的新鲜的可能性。

于是，他们一边唏嘘感慨，一边得过且过，终于活在了罗曼·罗兰的名言里：在二三十岁就死去了。以后的生命不过是用来模仿自己，而且重复的方式越来越机械，越来越荒腔走板……看看白发少年，足矣。他们分明就与我们抗拒的惧怕的以为无能为力的事物，相处得很好。他们站在这里，驯服了年龄，黯淡了生活伤痕。每一个当下之于他们，就是余生最年轻的时刻。眼里有光，因为目之所及，皆念可爱；心里有火，因为心怀一方热爱；脚下有泥，还愿意为生活风尘仆仆。

由此我们得知：衡量一个人衰老的标准真的不是年龄，而是心态。心老了，正值芳华也暮气沉沉；心未老，白发苍苍也神采奕奕。

少年，就是那个不问年龄，为了创造不输过去的未来，还在今日热气腾腾疾驰的人。

少年，知世故而不世故

"我发现很多人的失落，是忘却了违背了自己少年时的立志，自认为练达，自认为精明，从前多幼稚，总算看透了，想穿了——就此变成自己少年时最憎恶的那种人。"

少年，有人把他丢在了校门口，有人把他忘在故乡，有人把他锁在童年，有人只能摘下面具与他照面。

一个人如果知世故而世故，便会失去纯粹地与自己与旁人与这个世界相处的乐趣，人云亦云，随波逐流，何谈活出自我？

我们祝愿着，"愿你出走半生，归来仍是少年"，就是因为"归来仍是少年"不容易做到，在历经千帆世事沧桑之后，多少少年，还能善良如初，热血不改，真诚无邪？

深谙世故却不世故，成为少年，需要的不仅仅是阅历，还有恰到好处的智慧。

少年，一身逆骨

"我不怕千万人阻挡，只怕自己投降。"

少年，带给我们最为震撼的感动莫过于，为了所信所爱，敢跟命运叫板，明知不可为也要为之，哪怕孤军逆战，也要全力以赴，问心无愧。

"认输吧""认怂吧""认命吧",少年才不会对谁俯首称臣,他与爱、温暖、良善的反义词为敌。在我们这个时代,少年是英雄的分身,逆行于火场,安扎于边疆,坚守于疫区,奔走于乡间,出手于危难,纵歌于荒芜。面对生活抛来的挑战,努力与实力,就是少年最好的回击。这种逆,或许横冲直撞,却不是莽撞。这种逆,底气来自他们坚守的信仰与理想,为了一个更好的自己、一个更好的世界。

少年,一身逆骨,有棱有角,可所行之事,温柔了人心。

因了那沧桑无改的烂漫,因了那世事无改的意气,因了那岁月无改的热爱,于是,少年一举一动,成诗入画。纵使前路风雨,少年也会放歌:竹杖芒鞋轻胜马,谁怕?一蓑烟雨任平生。纵使识尽愁滋味,少年,对这个世界一如既往抱有最大温情:我见青山多妩媚,料青山见我应如是。

以前艳羡少年意气肆意驰骋,身后就是草长莺飞,世间万物似静候差遣;而今还觉发如雪、鬓如霜,带着降压药,赏长河落日圆,也蛮酷。

少年,不休

"我太爱这个世界了,太爱这个时代了,也太爱我所过着的生活了……好好地生活,这个世界是值得你为之奋斗的。"

当你看到这段文字时，就能把少年想起，想到生命以痛吻之，少年仍报之以炽热的告白。身形枯萎有时，与泥土相伴有时，少年，却能永生在我们心间。对于生命的消逝，天文学有一种极浪漫的解释——

你眼泪中的钠，会将你和一片已干涸的海洋串联起来，也会跟一只翩翩飞舞的蝴蝶联系起来；你骨骼中的磷，曾让远古海洋的波浪变绿过；你身体里的每一个原子，都来自一颗爆炸了的恒星，你左手的原子与右手的原子也许来自不同的恒星。其实每时每刻死亡都在你的原子间进行着，但你也将在宇宙结构的某个角落永存。

少年，与其所爱，至死不休。当你想起少年，应是繁星璀璨。当你想起少年，应是沧浪滚滚。当你想起少年，应是春暖花开。

请带着星辰少年的那一份不舍，把这世界爱了！

我就是我，我有无数种可能

惠英红

我是谁？

演员惠英红曾这样回答："我是小猫，也有点像水像风。我想成为一个十全十美的女人。"

当抛开身上所有"标签"，我们不妨也问问自己：我是谁？

1

我从小就被人家贴标签了。

3岁起，我就开始养家，直到13岁之前，我都是我们那群要饭的孩子里的"大姐"，这是我的第一个标签。每天我都带着大家绞尽脑汁想办法赚钱，用尽一个孩童脑袋里所有的智慧，去仔细辨认迎面走过来的这个人会给我一块钱，还是一巴掌。我看人看得很准，就是在那个阶段学会的。

那时，我常常在香港湾仔的一个电影院门口徘徊，看20世纪

60年代的电影《红楼梦》里那些演员的一张张巨大、光鲜的电影海报。我相信，海报上的那些人，是我想成为的人。每天这样看着，我心里就逐渐滋生出了强烈的渴望——我要成为和他们一样的、海报上的人。

13岁那年，有一天，我无意间在报纸上看到一个舞蹈演员招聘启事，便不顾家人的劝阻，决意去应聘。我知道这是我当下唯一的机会，我要脱贫，要出人头地。我会用尽所有的办法展示给别人：我是可以脱离贫穷的。

终于，在1年半后，幸运降临，舞台上领舞的我被张彻导演一眼选中。我真的做了梦寐以求的演员，成为了海报上的人。

2

我的第一个角色是穆念慈，一个打女。我依然做到最好。但没想到，这次的"最好"，成为我此后漫长的10年里都无法挣脱的标签。

那10年，我只能作为"打女"出现在大众视野里。走到街上被人认出，甚至也会被要求："你真能打，来，我们打两下！"大家都认为我强悍、霸气，拍戏的时候也叫我"男仔红"。我心里很不高兴，我是一个女生，还那么美。

我觉得我是无限的，我有无数种可能，我不甘心让自己困在一个标签里。如果我甘心于这个标签，我会是全香港最卖座的动作演员。我不甘心，对我来说那很失败。可是电影就是生意，你做"打女"那么卖钱，谁愿意拿你最卖钱的东西去冒险，只有你自己去冒险。

不做"打女"后，我接不到一个角色。我第一次感到了深深的挫败感。我被打败了。

但我从小就是这样要强，即使被打败，还是要想尽办法重新站起来。在最后的一年里，我每天对着镜子说："你就是最好的！"我必须要让自己自信起来。当我感觉自己的磁场恢复到最强的时候，就打电话给影视圈的朋友："我要进来拍，哪怕是配角，我也要进来拍。只要你给我一天的时间，我站在那边，我肯定会让所有人看到，我回来了。"

3

如今我已经不接受别人强加给我的任何标签了，给我标签，我也会用太极把它"耍"走。

但其实我挺矛盾的。我不得不装老虎。因为这个世界不是你一个人的，你不能只有你自己，那样就真的太自私。可是我自己知道，其实我需要的是被保护，我需要的就是不要让我安排任何事情。

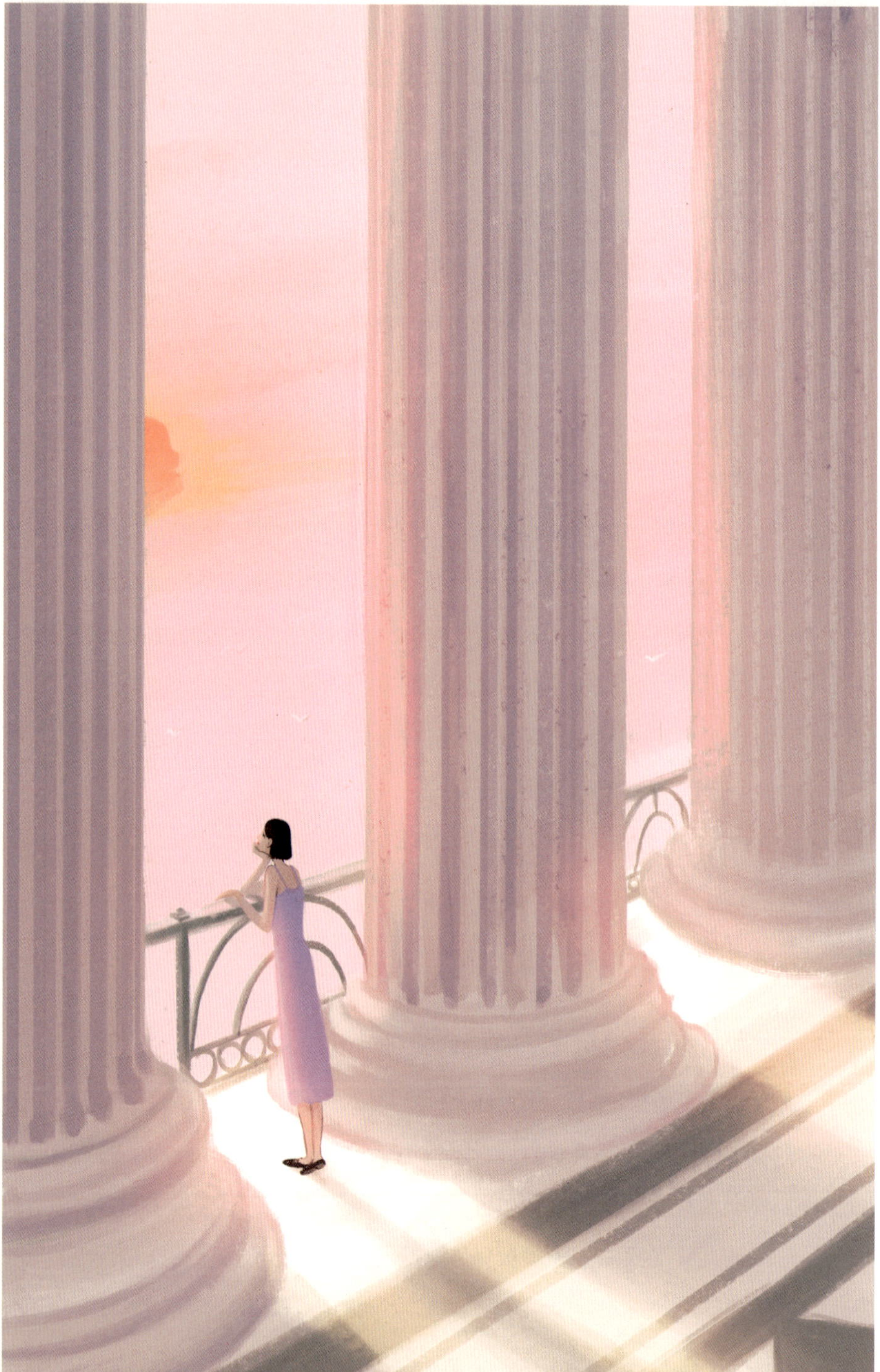

无论在任何地方，我都会去习惯性地关注和照顾周围的每一个人，所有事情都想自己亲自做，即使不做也会在脑子里过一遍，时间长了真的很累，但这是我的习惯，也是我的安全感。我不太相信其他人。

我常常说我是小猫，我真的是小猫，里面一点攻击力都没有，也有点像水，像风。可是从小我的环境就让我像老虎。如果没有这个性格，我相信我今天就会被社会淘汰，这是一个对自我的保护。

唯一能让我感到放松、自在的地方就是家。虽然家里没什么人，只有我、我妹妹和小狗，但在家里，我不需要打扮，我可以穿着睡衣，躺在沙发上，抱着我的小狗说说话。这已经是我觉得人生最幸福的时刻，因为没有任何生活上的压力。

虽然人只要生存就会有各种压力，避免不了，可是你可以找一个防空洞。我的防空洞是我的家。最安全，最放松，最自在。

4

到如今这个年纪，我已经习惯了我的人生充满遗憾。我没有童年；没有上过一天学；青春期的时候，人家谈恋爱，我也没有；该结婚的时候，我又没有；该有孩子的时候，我依然没有。

可是这是很大的问题吗？我还好好地活在这里，过去就让它过去，不一定要跟着人家的路走。虽然都是遗憾，可是不会让我死掉。

每个人都有他的命运。我的命运就是这样，我不会去反抗或去讨厌它。我把它给我的一切都安排得好好的，这也是另一种成就。如果一个人生存，找不到自己的成就，我觉得才是最痛苦的。这种成就对于我来说，不是银行卡的余额有多少个零，而是我心里面有多少骄傲。

所以只要你能生存下去，什么困难都会消失的。活着最重要的是抱有一种对自己生命的热爱跟责任。人不会无缘无故地生存在这个地球里面，你来了，就总有一个位置让你去拼搏。

只要你找到自己的位置，把自己贡献出来，那就是你生命的价值。但首先你要知道你是谁。

5

现在，你要是问我："你是谁？"

我会说，我就是我，我是惠英红。

我懂任何女人会做的事情。我会煮饭，我爱整理，打毛衣或是绣花，我都懂。我会画画。我很懂得也愿意关心、照顾别人，还考了专业按摩治疗师牌照、心理科治疗牌照。我也曾进修医学科，你有小病痛，都可以来找我……

我有我的个性，我是打不死的。哪怕在人生的最低潮，我也能够找到自己的空间生存。

　　说自己十全十美，会让人害怕的。但我需要这种"相信"。我还是要这样说，我就是我，我是惠英红，努力想成为一个十全十美的女人。

　　你知道我是谁了吗？你知道你是谁了吗？

本文参考资料：
央视新闻×为你读诗联合共创。
采访：张炫；整理：三十。

做一个和自己赛跑的人

白岩松

工作，亦如做人，考验着我们每个人无法回避的为人处世能力，须得终身修炼学习。我们所行之事最终都会成为个人名片，日积月累的是个人价值和品牌。

这篇文章，借白岩松的一席感悟，说给年轻的你，更说给每个不安现状不甘蹉跎不愿无为的你。共勉。

致"焦虑"的你：没有一代人的青春是容易的

我个人认为，转型期的中国，一个特殊的时代之下，每个行当都会面临焦虑，大学校园也不能幸免。

我期待十年或者更久以后，年轻人的大学生活能够更加心平气和，可以享受纯粹的念书时光，但现在似乎不行。青年问题已经重新成为社会问题，集中体现在以下几点：

第一，现实的压力比过去更明显；

第二,机会远远不如以往,当然这是时代进步的必然结果;

第三,年轻人心理冲突加剧,与就业环境、情感因素都有关。

第四,站在年轻人的角度,该怎么看待这些外在或内在的冲突呢?

我历来都说这么几句话:

第一,全社会都要关爱年轻人,但不是溺爱;

第二,没有一代人的青春是容易的;

第三,如果青春顺顺当当,没有任何奋斗和挣扎,没有那么多痛苦和眼泪,没有经历过理想的幻灭,还叫青春吗?如果回忆中没有充满各种跌宕起伏的色彩,回忆有什么意义?

致"租房"的你:搬家经历,拼凑出青春记忆

在日本,一个人到了五六十岁快要退休时,才刚还完一辈子的房贷,这是很正常的现象,全世界大多数国家都是如此。可我们这儿很多年轻人买房都是一次性付款,花的是双方父母一辈子的积蓄,或者把老家的房子卖了筹来的钱。年轻一代的住房问题,一定要靠牺牲上一代人的福祉才能解决吗?

我三十二岁的时候,拥有了自己的第一套房子,很幸运地赶上了福利分房的尾巴,也要花一点钱,但不是很多。

在那之前我搬了八次家,我儿子的孕育和最初的成长,都

是在租的房子里。其中有一次搬家……时间很仓促，我们只有一晚上打包装箱，最占地方的就是书。最后，我夫人累得犯了急性肾炎。

我认为在我的记忆中，如果没有搬过那八次家，没有那么多找房租房的经历，我的青春是不完整的。

致"北漂"的你：比你还绝望的人，都挺过来了

"北漂"一族常问，到底要坚守北上广，还是回老家？探讨这个问题有意义吗？你有机会就留在这儿，甚至可以去纽约、伦敦；没有机会，死守大城市也没意义。

我只想羡慕地对你说，当初我们想北漂都不行，因为没有全国粮票。我的很多同学居然是过了三十岁，才背井离乡，告别妻儿外出闯荡。

你也可以抱怨大城市交通拥堵，地铁太挤。要知道，我上大学实习的时候，学校离城区太远，为了不挤公共汽车，每天早上五点多就要出门，蹭老师的班车。上车就睡着，车停了就下去。结果有一天，班车莫名其妙在中间停了一站，我看都没看就跳下去了，车走了，我才发现没到目的地。那一刻我真是悲从中来，可能比你今天面临的很多绝望要绝望得多，但是都过来了。

致"恋爱"的你：不要因为一个人而冷落了一群人

在大学里，一定要珍惜和维系集体的友情。

舒婷曾经有一句话："人到中年，朋友的多少和头发的多少成正比，友情之树日渐凋零。"在大学里结下的同窗情谊，往往可以贯穿一生。因为你们同在一个行当，未来的工作生活多有交集，且不涉及利益的纠葛。

是，我既不同意更不反对大学期间谈恋爱，但是千万不要因为提早走入二人世界，而错过了再也无法复制的集体生活——那种一大群人一起骑车踏青、一起踢球、一起喝酒、一起熬夜准备考试的记忆。

致"挫败"的你：请练就一颗强心脏

千万不要为大学期间遭遇的小小挫折寻死觅活，哭闹撒酒疯。我也经历过，以为天塌下来了，后来才知道，简直不值一提。将来，社会迎接你的礼物，就是无数个打击，而你能做的准备，就是在校园里练就一颗坚强的心脏。否则，等不到成功到来的那天，你已经被挫折打垮了。

在工作中，大家通常强调一个人的业务素质、身体素质，我却更愿意用心理素质去衡量一个人的发展潜力。如果你遇到挫折

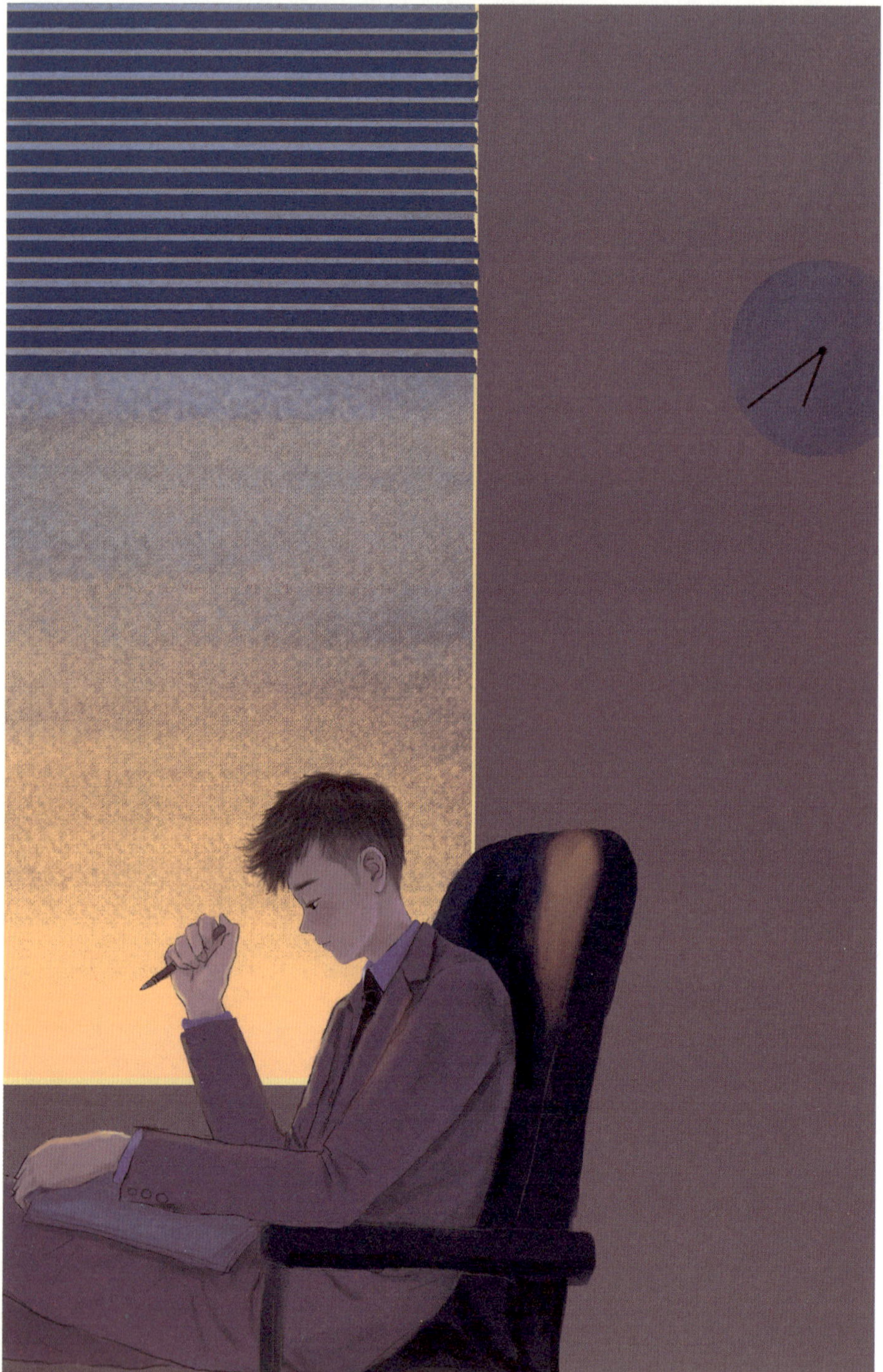

就打退堂鼓，甚至哭鼻子，我只好摇摇头转身就走。在工作中我是没有性别概念的，也不相信眼泪。另外，我不仅要看他的"抗打击能力"，也要看他的"抗表扬能力"。有相当多的人，没有折在挫败上，却折在了一两次的成功上。成功让人飘飘然，忘乎所以，原本应有的上升空间，就这么被堵住了。

致"有追求"的你：令自己不可替代

一定要学会用自己的头脑思维，而不是人云亦云。你们会发现，刚刚进入大学的时候，同学之间几乎没有差别，而四年以后，彼此差异却很大。是什么造就了这些差异呢？

除了专业角度不同，还有一点使自己有别于他人的，是你的独立思考能力。一个人的价值和社会地位，跟他的不可替代性是成正比的。你是创造者，还是跟随者？这往往决定了未来你的前进速度和能够到达的高度。

我们干新闻这行，也面临着能否做出独特性的挑战。互联网时代，新闻资源被垄断的可能性已经越来越小，那么拼的就是视角和语言表达方面，是否具有足够的竞争力。

不可替代性来自哪里？来自独立的人格和独特的思维方式。

致"浮躁"的你：不如踏踏实实做好眼前事

我知道现在有相当多的大学校园里，学生念书念得心猿意马，总觉得越早开始实践，未来的工作就越牢靠。还有，很多学校管理不严格，毕业实习和论文答辩形同虚设。不少学生从大四起就处于"放羊"的状态，所谓实习也是蒙混过关。如果大学无法为社会提供合格的毕业生，社会又怎么能放心地接纳你们呢？

好的工作和好的恋爱、好的婚姻类似，可遇不可求，是一个自然而然的过程。从一开始就很浮躁，带着功利心去赌，成功的概率很低，你确定你一定有好运气吗？不如踏踏实实做好眼前事，把四年后的事交给四年后去解决，好过程必有好结果。

致"求职"的你：请展现出你的学习性和成长性

你最终要走入社会，有必要了解社会需要什么样的年轻人。

当然，刚刚走出大学校园的学生，并非"成品"，但你们需要展现出学习性和成长性。我参加过几次招聘会，很少看年轻人此刻的水准，而是会判断他未来的成长空间。有时候，甚至要求没有电视行业经验者优先。很奇怪的逻辑，对吗？因为我意识到未来将是一个跨媒体时代，电视、广播、网络，你中有我，我中有你。你不会电视，我还可以教你；但你只会电视，我如何教你呢？

当然，我也格外看重一个人本身，这没什么数据可参照，只能凭经验和直觉。优秀的人才进入合作的团队，可以激励别人，也被别人激励。你在一生中可以从事各行各业，唯一不能改行的，就是做人。

致"佛系"的你：
试着改变一下世界吧，活得较真才好玩儿

有一个同学提到我书里写过，1993年创办《东方时空》的时候，我们经常就某些不同意见，跟领导进行"激烈"的对话，但现在的年轻人却没有了这种激情和力量，到底是为什么。

我觉得他用的"激情"和"力量"这两个词挺有意思，正好代表了问题的两个方面。

所谓没有激情，可能是因为我们现在越来越务实了，工作不过是养家糊口的一件事，干吗那么较真呢？得罪了领导对自己并没有好处。那时我们为什么敢跟领导吵？因为我们心目中有比生存更有价值的东西，就是真理，就是我们认为"正确"的事情。我们不能不为之较真儿。

就好像四个人打牌，最怕的就是其中有一个哥们儿输也无所谓，赢也无所谓，一点儿不投入，最后大家都觉得很无趣。生活中也是，每天我们做的事，真有多大意义吗？不一定。但是总得

投入吧？投入才有趣啊。跟领导吵架，也是一种情感的投入。而奇怪的是，只要你有真本事，只要你毫无私心，并不会发生什么严重后果。

没有力量，往往意味着上级给了下属某种暗示：你不能吵架。当个什么样的领导，也是一门学问。我建议你们当一个尊重部下、允许部下跟你们吵架的领导。

我过去当过几年制片人。那时对同事最常说的一句话就是："我该想的事得你们想，你们该想的事得我想。"我该想的是什么呢？怎么把节目做好。他们该想的是什么？工作条件、环境、待遇，等等。都为对方着想，就对了，千万别错位。我也从来不坐办公室，总在各个办公室之间溜达。有争执的时候，我对了就对了，错了就承认错了，还给人鞠个躬。

罗大佑的歌中唱："是我们改变了世界，还是世界改变了我和你？"没有答案。但你起码得试着改变一下世界吧。活得认真才好玩儿，对吧？

致"空虚"的你：
"感触"与"表达"之间，还有"追寻"

有一位学者的话让我触动很深。她说，创作往往包含着三个步骤：始于"感触"——比如你被一件事或一个人打动，想要创作一首诗；终于"表达"——这首诗最终完成了；但中间这个词是最重要的，有了"感触"没有立即"表达"，而是要去"追寻"——经历了足够漫长的"追寻"，等到一切成熟了，才会有完美的"表达"。

我的感慨来自当下这个时代：绝大多数人都是感触完了就表达，谁还会追寻啊？

平时经常遇到一些人要加我微信，我说我不用微信，也不上微博。他们就问，那你怎么了解微信上的内容？我说，如果真有足够的价值，我一定不会错过，哪怕绕过八百道弯儿它也会来到我面前，让我看到。到了我这个年龄，已经不需要心灵鸡汤了。朋友圈里的很多东西都是感触完了立即表达，没什么价值，寿命很短。

在我喜欢的电影当中有一部叫《辛德勒名单》。斯皮尔伯格买下剧本之后，曾经放了十年，这就是追寻的十年。各种各样的创意、文稿、文件，再加上探讨、挣扎、否定、激动、消沉等，都会出现在这个过程中。电影完成之后，他轻描淡写用一个"十年"就把一切都带过去了，其实会这么简单吗？

所以，我现在经常用这三个词衡量自己。做任何一件事情，是不是一有了感触就急于表达？有没有经历追寻的过程？尤其在当下，如何在"感触"和"表达"之间加入"追寻"，我觉得是这个时代必须思考的。

致"苦撑"的你：学会享受，而不是为了坚持而坚持

我还要说，"坚持就是胜利"这句话有点绝对了。

相当多的时候，"坚持就是失败"，因为坚持往往意味着你不好奇了，不从中享受乐趣了。为了坚持而坚持，怎么可能带来胜利呢？

愿我们"只是向上走"

青年一词，自带蓬勃朝气，如鲁迅先生言："愿中国青年都摆脱冷气，只是向上走，不必听自暴自弃者流的话，能做事的做事，能发声的发声。有一分热，发一分光，就令萤火一般，也可以在黑暗里发一点光，不必等候炬火。"

古往今来，过来人给予青年的建议和忠告甚多，但其实，对于许多青年的困惑茫然，青年自己也可有答案。《夜读》曾推出特别策划"青年人答青年人"，采访10位青年，以循环问答的形式，展现当今青年的关心和思考。

《夜读》会作为首个问题的发起者，第一位青年在回答后，给下一位青年留一问题，下一位青年作答，如此循环，以作交流。

夜读：

你理想中的当代青年是什么样子的？

魏风 答 ▶ 夜读：

我理想中的当代青年应该：智慧且勇敢。对我来说，智慧和

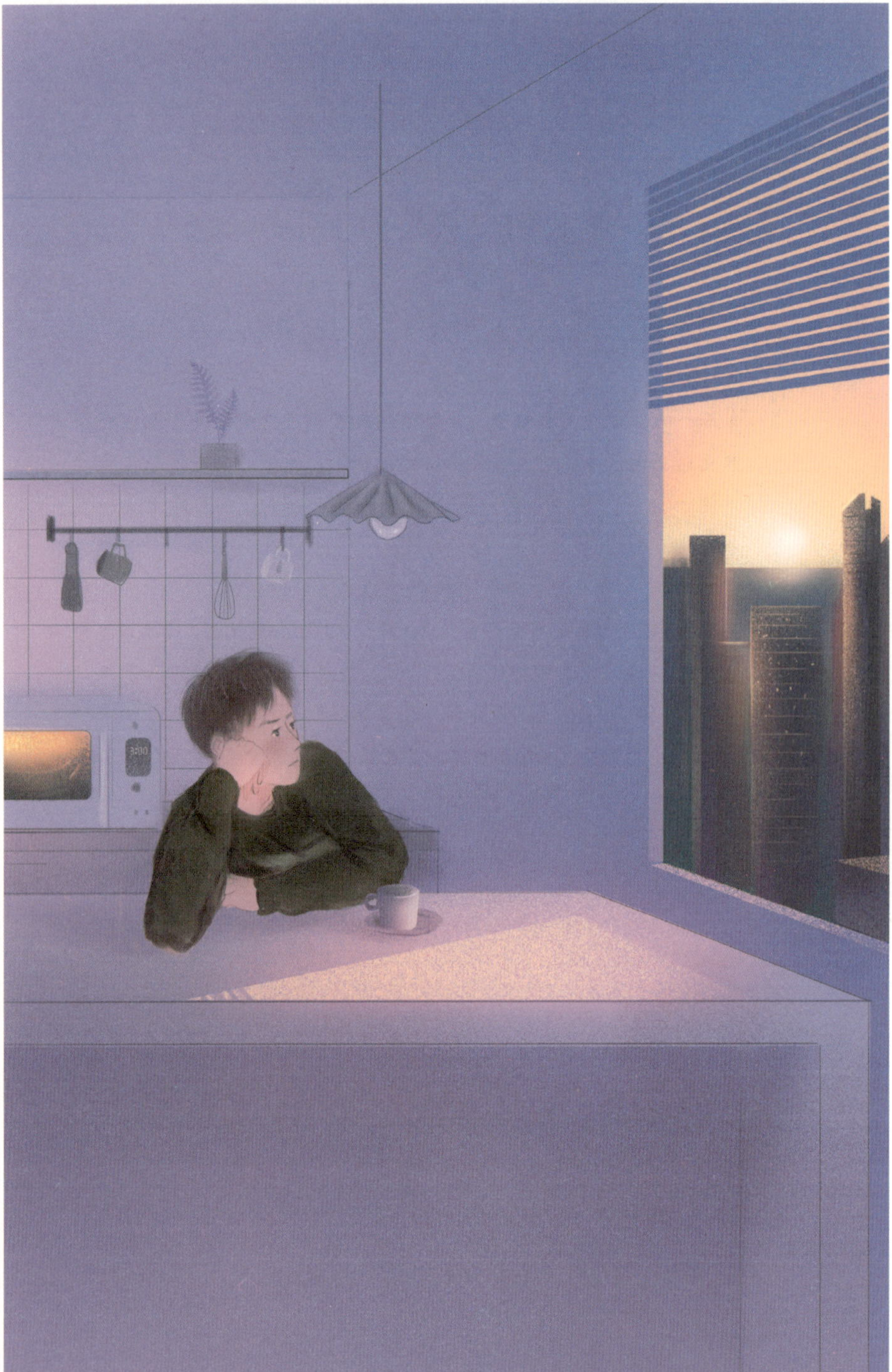

勇敢都是极其稀缺的品质。智慧是"有所用有所长",青年人智慧,可做国之栋梁,拓土开疆贡献力量,与国家一起蒸蒸日上。勇敢是"有胆量有担当",青年人勇敢,面对生命中的重量和挑战,才会不畏缩不逃避;面对生活里的不平与不善,才会勇于发声力求改善。很惭愧,这两点我自己做得并不好,但我想至少是努力的方向。

我想问下一位青年:

在信息庞杂、自媒体泛滥的时代,我们如何不被它吞噬和左右?

何延 答 ▶ 魏风:

每个人应对信息的方式不同,我觉得最重要的是保持独立思考的能力,以及守住内心秩序的定力,坚实地站在大地上,不要被胡乱吹来的大风刮跑。

我个人的建议是不要犯懒,养成溯源的习惯,更不要一看到复杂的信息,就说"懒得看,等总结"或"看大家怎么说",这种简便有一种隐蔽的坏处:容易让我们习惯性迁就他人,弱化自己的思考。

我想问下一位青年:

你现在做着的是自己真正想做的事吗?如何面对理想与现实

的落差?

好奇先生 答 ▶ 何延:
　　因为到这个年纪了,试错成本越来越高,但还在坚持做自己喜欢的事情,算是不改初心吧,还挺自豪的。现实和理想之间的落差永远都会存在,纯粹的理想几乎是一个没法到达的目标,但如何在这当中找到一个"锚点",沉下心不至于完全向现实妥协,保持持之以恒的努力就已经是理想的一种可能性了。

我想问下一位青年:
　　回望过去十年,你觉得什么事情最让你无悔和骄傲?

黄小刀 答 ▶ 好奇先生:
　　我觉得是对爱好的一种坚持。
　　过去的十年里,我把爱好正式转变成了工作,并且努力做好它,用它来赚钱糊口。这十年里,围绕我的工作也出现过很多的波折和失落,但我坚持下来了,而且渐渐有了起色。我个人觉得这是很值得骄傲的一件事,不但骄傲,还是一件很酷的事,且无怨无悔。

我想问下一位青年:
　　和以前相比,你现在对情感的诉求有变化吗?

语笑嫣然 答 ▶ 黄小刀：

很长一段时间里，我都是一个很享受单身的人。不是不期待遇到一个有趣的灵魂，与之共鸣，只是觉得这是一个小概率事件，不做强求。把一个人的生活过得轻松而坦然，就是我认为对的事。

后来，很意外的，我认为的小概率事件在我身上发生了。我遇到了我一直期待的那样一个人。

如果你问我情感诉求有无变化，我觉得，有，但也没有。

有，是因为我的人生计划发生了改变，我的人生里面多了一种期待，我期待可以和这个人坚定而稳定地走下去。做很多事情，我开始计划"我们"，而不只是"我"。

但也可以说没有，因为我不管在遇到他以前还是之后，都是独立而完整的，我依旧要把我"一个人"的生活过好，从而才能把我们共同的生活也过好。这个诉求，和我个人一样，是独立而完整的，是不变的。

简单说，好好生活，是我永恒的诉求。

我想问下一位青年：

网上的年轻人常说一句话：当你开始回忆，就意味着你开始老了。你同意吗？

七月 答 ▶ 语笑嫣然：

我今年22岁，应该还不算太老，但我就特别喜欢回忆，对我来说，回忆是一次淘金之旅，让我从漫漫度过的那些时间里，筛出最重要的东西，比如某个被爱的时刻，某个真正勇敢的时刻……所以，与其说回忆意味着老去，我更愿意说，回忆意味着我们开始意识到什么是生命中真正珍贵的东西，从这个角度来说，我觉得早点开始回忆也没什么不好。

我想问下一位青年：

现在有一种青年叫"斜杠青年"，你觉得"斜杠"意味着什么？

梅子菁 答 ▶ 七月：

几年前我出过一本书，编辑在腰封上介绍我的时候，用的便是这四个字。如果说斜杠青年是指做过很多事，有很多身份，那我大概确实是斜杠青年：我做过老师，开过公司，写过书，干过影视，现在还在经营文化会所……但我想，"斜杠"还指一种人生的态度：我希望我永远好奇，永远保持探索的热情，始终为我的生命寻求一种丰富的、不设限的可能。

我想问下一位青年：

（如果你刚好养了猫或狗的话）

为什么如今都市的青年男女里，这么流行养猫或养狗？

大野 答 ▸ 梅子菁：

我觉得可能都市里的青年会相对更孤独一点。我和我的一个好朋友阿莹都是2020年8月开始养的猫，巧到就差了一天，之前都没商量过。我那阵子情绪特别差，甚至陷入焦虑和抑郁的状态，当时就特别想养只猫，养了之后查资料才发现，养猫就是治疗抑郁的科学方法。阿莹养了猫之后说，每天晚上回家打开门，一只有生命的小猫会喵喵叫着在脚边走，就觉得自己不是孤身一人。

我想问下一位青年：

你和你父母关系好吗？

三三 答 ▸ 大野：

以前不大好，现在不错。他们是那种对我寄予厚望的父母，所以至今仍对我的人生有些微微的不满，我也觉得他们应该少操些心，更自由地享受他们自己的生活，但我们也都知道，在很多事情上，我们已经很难改变对方了。

最近几年，我基本上会每天给他们发一条微信，随便说点什么，也不用他们回，他们跟我打电话的时候，也不再谈以前那些容易让我们吵架的事情，生活琐碎多些。因为爱，我们都服软了，因为这种服软，又感受到了更多的爱，挺好的。

我想问下一位青年：

在那些不得不跟世界妥协的时候，你会怎么办？

小星 答 ▶ 三三：

我觉得，生活很难完全按照自己的意志来，多少会有需要妥协的时候。但我希望，或者说要求自己：保持善良、真诚和坦荡，在做任何选择和决定时都要记得自己曾经设过的底线。

这样，在每个夜晚来袭的时候，我都能磊落心安；在任何时候，我都能对自己说：我过着一种无愧于心的生活。

活着，就要把每一刹那都打开

赖声川

美学家朱光潜曾有言，世上最快活的人不仅是最活动的人，也是最能领略的人。所谓领略，就是能在生活中寻出趣味。这篇文章，愿你读罢，打开自己，步履不止，亦能体味生活的美妙与非凡，成为"最快活的人"。

1

2017年冬天，以色列导演约书亚·索伯尔在北京看过我的话剧《如梦之梦》最后一场演出之后，跟我说了一种我以前从未听过的说法："你把每一刹那都打开了，展开了，填满了，每一场戏都像是一朵花开。"

活着就是要把每一刹那都打开，去感受，让每个瞬间都如花绽放。但在生活中，我们总是疲于感受，善于忽略，以至于很多细微的美好瞬间就在无意识中迅速消失，来不及回味。

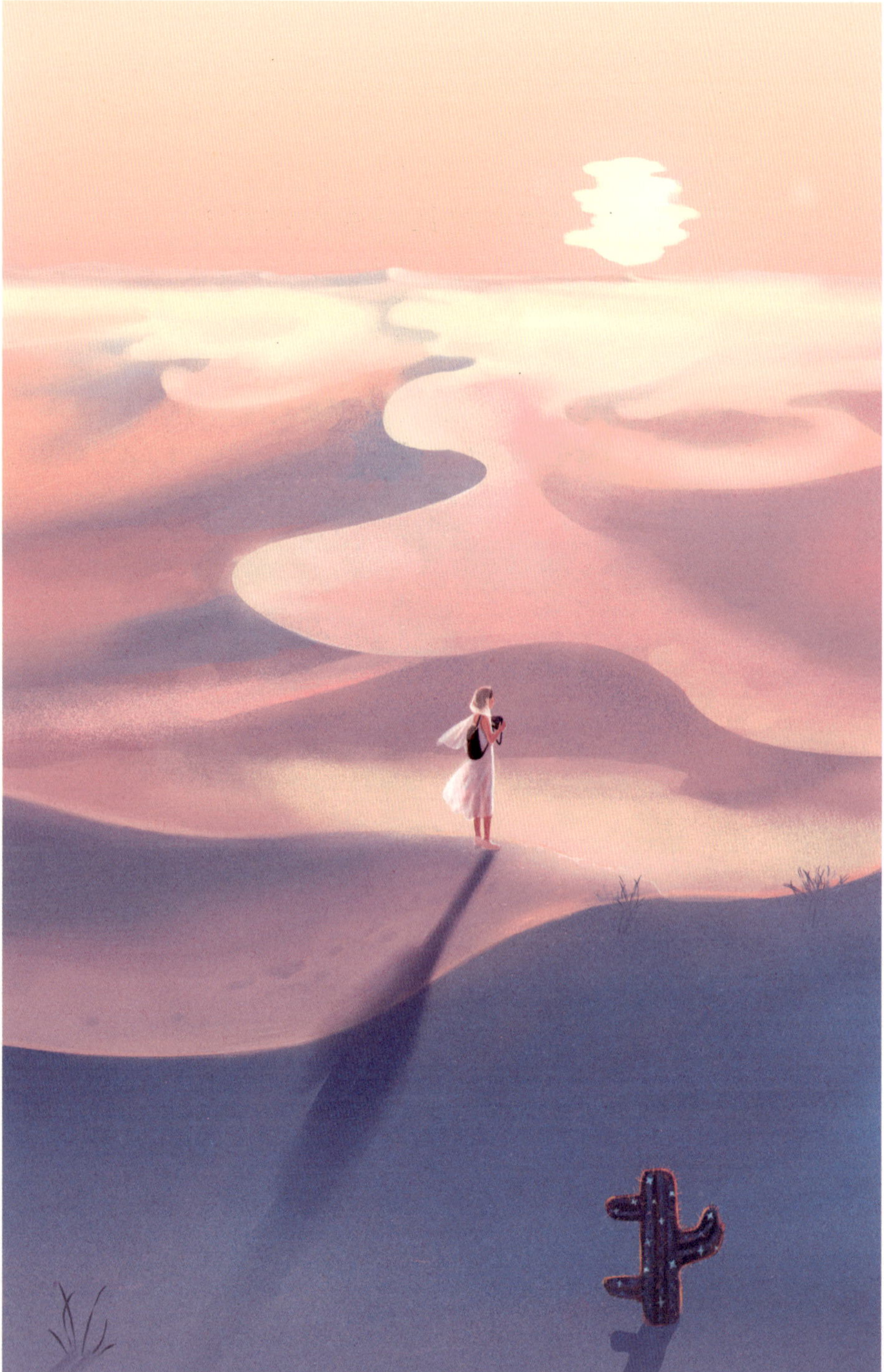

2

  人生在世，总要有所追求。每个人都需要认真追寻自己人生中重要的事情。在这个过程中，首先你要做的便是打开自己的内心，然后才能去探索和追寻自己人生中最重要的事情。

  问题的关键就在于你认为什么是重要的事情，不要觉得大家都在追逐名利，你就去做同样的事情，这在我看来是比较肤浅和懒惰的行为。我并非说追名逐利是一件浅薄的事情，而是你并没有打开自己，去探索属于自己的人生乐趣和目标。当你打开自己，你会发现其实人生的乐趣是很深的。

  我觉得人生就是要随时打开自己。很多人关掉了，就走入一个比较制式的、每天都一样的生活。打开就意味着你对生命还是好奇的。你还是每天很热情地在看，尤其是在看你生命中周遭所有的人过得怎么样，有什么可以让他们得到帮助的地方，有什么地方是你可以向他们学习的……

  我经常写剧本。在家里也可以写，但是我更喜欢到人群里面去写，去各种咖啡店或者餐厅。我在那边写剧本，就是因为在那个环境里我会得到一些灵感，我生活在这个城市里，这个城市会给我能量。活着，就要打开自己就对了。

3

生命其实是由自己和他人共同完成的。打开自己，才能在与他人的际会中感受到爱的产生，这是最重要、最美好的人生体验。佩索阿有一句诗是"由于感受到了爱，我对香味产生了兴趣"，当我们打开自己，感受到了爱，我们才能发现美，才愿意与世界进行更深入的交流。

但其实比感受爱更为重要的前提，是我们先要弄清楚什么是爱。有一句台词是："世界上大部分的人嘴巴里每天讲的是爱，但其实是想被爱，'我爱你'的意思就是'我想被你爱'。"

爱其实是把你生命中最有活力的部分奉献给对方，并让对方接收再反馈给你，这才是爱。爱其实不是每个人天生就具有的能力，当我们了解了爱的概念，我们才能去感受爱，练习爱，最后真正地去爱。爱情的修炼是一个漫长的转变，从想被爱到真正地理解爱的意义——就是一种无私的奉献。

4

打开自我也意味着我们要经常检讨自己——仔细想想什么是对的，以及我到底做到没有。尤其作为一个创作者，写出来的东西如果没有在自己的人生里检验过，其实是挺危险的。

我倒是经常提醒自己，但觉得还是不够。

好比别人称赞《幺幺洞捌》："从来没看过这么好看的一部戏！""这是我人生看过最好的一部舞台剧！"听到这个话的时候我会第一时间检查自己的反应是什么，是狂喜还是蔑视？但是至少对我来讲，我会把持住自己不要得意。我觉得自己的东西被人家称赞的时候，我们不要去得意。当然，当我们碰到很惨的境况，也不要沮丧。

我觉得这两件事情是相对的，因为你在得意的时候不去修行，那你到惨的时候其实功课是没做够的，你会不知道怎么处理。

5

当你能够足够打开自己，你会在生活中汲取许多能量。最终，你就会觉得衰老和死亡都是人生最自然的事情。这世界上，河流是往下游走，你怎么可能会想挡住，让水往上游走。不如就活在当下，接受人活着就会老，老了就会死的规律。

你觉得很可怕吗？我倒觉得这其实挺美的，跟这世间万物都一样，不是很好？

人生如戏，大起大落，瞬息万变。我一直在寻找如何表达自己，在这个过程中，看到人生百态，那是另外一种生命的体验。

每一次打开也许都意味着一次成长，一次际会，一次相爱。

在逐渐衰老的过程，变成你人生的修行——对生命更加理解，更加敬畏，更加谦卑，也更加坦然。

本文参考资料：
央视新闻×为你读诗联合共创。
采访：张炫；整理：三十。

三十岁之后,你才是自己的过来人

李爱玲

二三十岁,是大家一提再提,热衷讨论的话题,或许是因为这一年龄段的"剧情"确实"吸睛":一群人,在新的时代,以自己的理解、自己的理想,开辟着定义着新的生活方式和新的未来,还有比这更热闹、更勇敢、更可期的事情吗?

1

多年前,一位长辈问我:你觉得三十而立,立的是什么?我思忖良久,找不到精准的答案。

他告诉我,三十而立,不是表面的成家或者立业。你立的,是成熟的思维模式,是独立而纵深的思考能力。直到我走过三十岁,碰过壁,流过泪,走错路,爱错人,百转千回过后才真正懂得了这个道理。

年轻的我们太习惯"拿来主义",问题一出现,马上想招呼几个过来人，收获一堆经验之谈。情感一受挫，立即求助一群闺中密友，给出一千种解决方案。那时的我们，总期待拿过来人的经验指导自己的人生，总希望用名言警句启蒙自己的智慧，总是太渴望借用外力，太容易依赖外援。我们唯独缺少自我觉察、"自我使用"的能力。

每个人作为一个独立个体，背后都有一个庞大的背景体系——性格、情感、原生家庭、软肋、禁忌、笑点、痛点。生命如此厚重，没有谁的经验可以全盘指导另一个人的人生。只有那些不停思考、探索和成长的人，才能成为自己的过来人——把每一次失去，都转化为另一种势能；让每一场煎熬，都成为劫后余生。深度体验每一个或甜蜜或痛楚的过程，剖解、晾晒、分析、提炼，从此拥有逻辑思维和深度思考的能力。

完成这场转变，你的伤痕才能最终成为铠甲，为爱受过的伤才会是你真正的勋章。

2

围棋中有一种学习方法，叫作"复盘"。在每盘棋之后，要重新摆一遍，分析哪里下得好与不好，重新推演一次。我们要从别人的故事里复盘，以汲取能力，更要从自己的经历里复盘，以迅猛成长。每一次挫败失意、苦痛挣扎，留给我们的，不应该只是廉价的懊悔，更不是杀敌一千自损八百、一失足后空余恨。

我越来越相信，每日三省吾身，不是一句迂腐的空话。日日宛如新生，并非一句文艺口号。是过往每个阶段的自己，成就了今天的我们。付出过的青春热血，挣扎过的绝望岁月，曾经每一个俯身哭泣的姿态，都是为了成全今时今日有力的手，将自己软弱的肩膀扳过来。走过的夜路，是为了无限接近不远处的坦途。

人一生，无一不愿被妥帖安放。而谁都无法预见前方是幸运在翘首，还是苦难在等待。不是每一个人，到了三十就自动"而立"，到了四十就已然"不惑"。

看看身边，一把年纪还没活明白的人太多太多。过去，你只怕赚钱的速度赶不上父母老去、孩子长大的速度。如今，你是否问过自己：你内心成长的速度是否赶得上肉身衰老的节奏？你精神丰沛的所得是否抵得过情爱消逝的所失？你格局视野的开阔是否超越了柴米油盐的烦扰？你气度学识的增长是否抵御了烟火流年的侵蚀？

岁月只会流逝，不会凭空给谁惊喜。你不应白白受苦，更不该空空老去。

3

人的成长，并不只在十八岁的成人礼上，不只是在宣读誓词

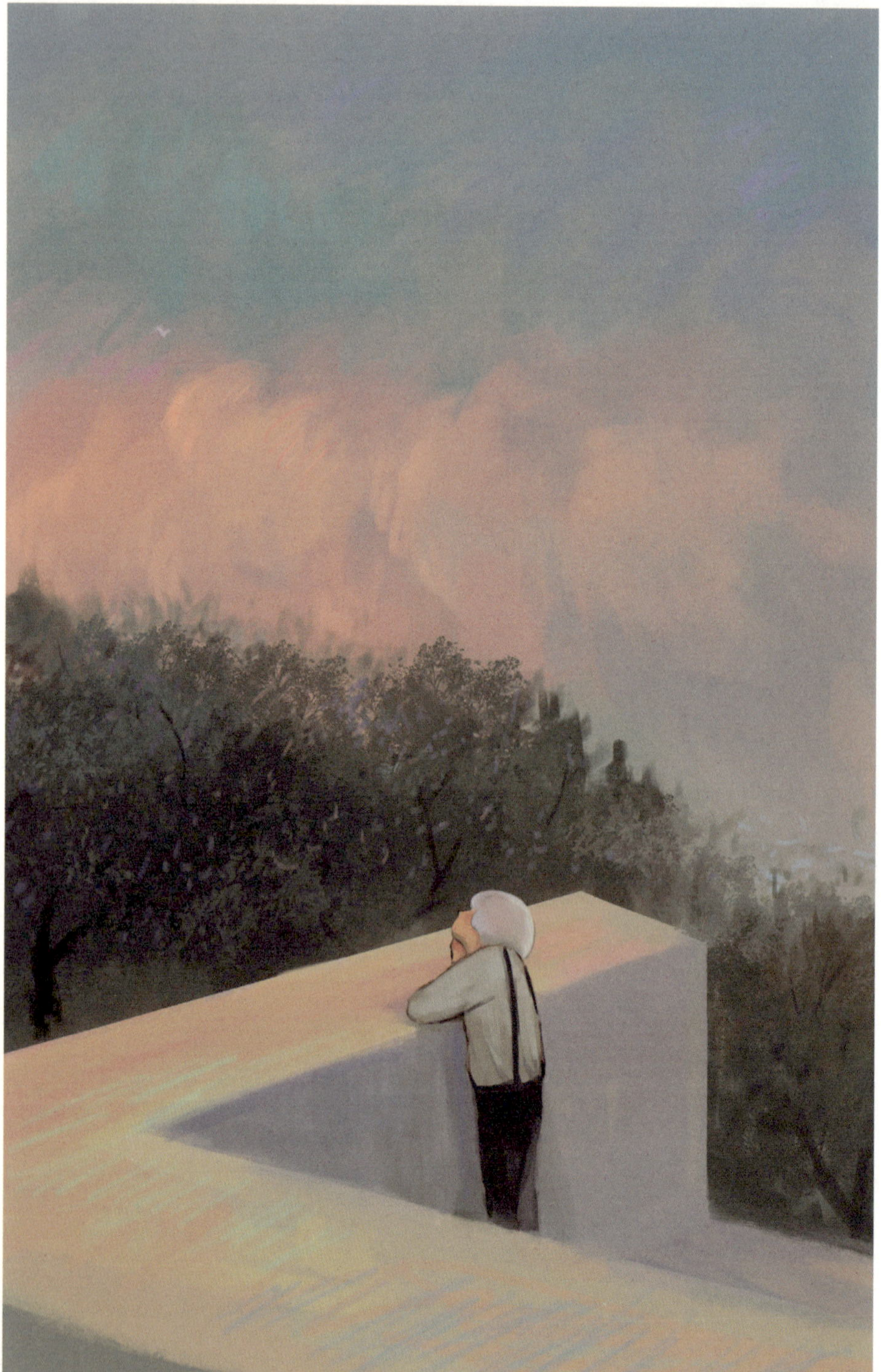

的婚姻殿堂，也不只是在初为人父人母的分水岭，而是，在那些回望来路的时刻，清楚地看到自己披荆斩棘、步步向前、日渐强大、收获丰饶。那荆棘，成为你手中的"尚方宝剑"，从此"斩妖降魔"。

《了凡四训》里写：从前种种，譬如昨日死；从后种种，譬如今日生。你要有勇气，让自己日日新生。你要有能力，每天睁开眼，就看到一个比昨天进了一步的自己。

这世上，谁都不是谁的药。当我们终于成为勇敢、柔韧、笃定、强大的人，就敢对着皱纹互嘲"岁月是把杀猪刀"，也敢对着腰身自黑"岁月是把猪饲料"。自我完善、自我提升、自我疗愈，才是永恒王道。

三十岁之后，你就是自己的过来人。流过的泪，要成为一条度你的河。受过的苦，要照亮你未来前行的路。

岁月真的未曾饶过我们，而我们，亦不能辜负岁月。你所走的每一步，都是自己的万里路。

你已经做得很好了，不必"但是"

《夜读》曾发起过一项活动：从留言的读者中选一位给他写信。后来，我们与选中的朋友取得了联系。她告诉我们，她叫小懿，"懿"是美好的意思。

在交流中，我们得知11月8日是她的生日，所以决定把这封手写信作为一份小礼物，在她生日的前一天发出。在铺开信纸，郑重地落下"展信安"三个字时，一种温暖又柔软的感受涌上心头。我们感到，这封信，不仅仅是寄给小懿的，也是寄给所有像小懿一样守候《夜读》、陪伴《夜读》、信赖《夜读》的朋友的。这声"展信安"，也不是单说给小懿一个人的，它是我们对每一位《夜读》读者的问候。

此刻打开这封信的你，展信安！

亲爱的小懿，
展信安！

给你写这封信的时候，窗外阳光大好，北京的银杏在碧空与暖阳下迸发出一种金灿灿的盛大，偶尔会来一阵风，叶子像跳华尔兹一样旋转而下，落在地面、车顶或行人的头上，时光悠然得像一个黄澄澄的梦。季节过于美好，就像你的名字"懿"的意思一样。

所以，我们想给你写这样一封信：告诉你北京的秋天是如何美丽；告诉你吹过我们的风也许很快也会拂上你的面；告诉你相隔千里的人可以因为彼此惦念而靠得很近；但最重要的，还是和你像朋友一样聊聊。

你在给我们的信里，提到了一些发生在你身上的好事：专升本成功上岸，成了一名"新"大三生；荣幸地成了中共预备党员，马上就要转正；通过了上半年教资考试的笔试……

不知道你自己有没有发现，你习惯在所有好事后面加一个"可是"：专升本上岸了，可是学校差强人意；新的大学生活很有趣，可是好像还没开始就要结束了；通过了教资笔试，可是四级到现在还没过，"一个有价值的证书都没有拿到"；有考研的想法，可是有些害怕和迷茫……然后，你用这些"可是"，给自己下了一个"好像很失败"的定义。

你说《夜读》对你来说，是一杯安睡的牛奶，一颗安心的糖，那你或许愿意听一听我们的想法吧？

看了你的信，《夜读》的小伙伴们最大的感受是：感动。我们感动于一个想让自己变得更好的普通人的努力，我们感动于这份努力在一个个"除却吾与月，天地万物无"的夜里生出的花。

走过了那些奋力在人海里游泳的日子，然后抵达心中的岸；

经历了那些孤身在暗巷里行走的时间，然后窥见明亮的天光，这样的你多棒啊！

"你真的已经做得很好了。"《夜读》曾无数次说过的这句话，我们仍想对你再说一遍。

所以，你值得尽兴地、不留遗憾地度过接下来的大学时光，那是你拼命赢来的犒赏，也是你曾经苦苦渴求的新生，不是吗？至于那些关于"可是"的担忧，不妨就少想一些多做一些。是的，去做就好了，你已经毫无疑问地证明过自己的勇气和毅力，证明过你有力量和智慧去创造你想要的胜利。

前段时间，《夜读》选用过这样一句话："生活也许没有一劳永逸的解药，但止疼片却很多，比如阅读、美食、音乐、电影、运动、猫猫、狗狗……"我们觉得这是一个很好的建议，望你采纳。当然，如果你的"止疼片清单"上能有《夜读》，那我们会更加高兴。

最后，谢谢你告诉我们明天是你的生日，这个美丽的巧合让这封信不仅是一封兑现诺言的信，也成了一份礼物。能成为他人人生中一份小小的礼物，我们何其荣幸。

祝生日快乐，继续奔跑，走自己的路，发自己的光，种自己的花，爱自己的宇宙。

央视新闻《夜读》全体小编
北京　2022年11月7日

过

在中国的文化里,"过"这个字有着太多丰富的含义。

过是"跨过"

如果把生活比喻成一场行走,有如履平地的时候,也一定有坑坑洼洼的时候,一不小心,就会污水四溅,泥足深陷。

当你站在坑洼面前,心里是不是有这样一个声音:跨过去!然后,你瞄准前方,蓄积力量奋力一跃,把脚稳稳地落在了坑洼的另一边,将那个试图把你拉下去的深渊甩在了身后。

敬佩你,从所有看似过不去的时刻里勇敢地闯了过来,在所有试图阻挡你的坑洼前,漂亮地飞了起来。

过是"通过"

如果你要去一个地方,而且是一个很多人都想去的地方,常常是需要一张票的。获得这张票最公平的方式之一是:考试。

过去一年,你可能参加过一些大的小的、这样的那样的考试,你挑灯夜战熬过的那些时间,你奋笔疾书写下的那些答案,把你带到了你想去的那个地方。你通过的每一场考试,都是考验,考验你是否有资格被冠以某个头衔、某种身份。

恭喜你,努力拿到了属于你的"通行证",用行动证明了"想要什么,就去争取"不是一句虚言。

过是"错过"

遗憾是人生不可回避的一部分,这一年,你未必事事顺利,也可能有些失利和错过:有的任务没有完成,有的考试没有通过,有的机会没有抓住,有的爱人终究擦肩……

也许有难过有挣扎,也许有释怀有反思,要紧的是,别把自己困在"本可以"的死局里,请相信,"如果觉得已错过了春天,那么夏天、秋天和冬天里,将会有机会和时间"。

祝福你,在错过之后的日子里过得释然,永远有奔赴下一场山海的热望和勇气。

过是"绕过"

"爷爷还活着的时候,这个世界的风雨,都绕过我,向他倾斜。"

如果你有幸得家人疼爱,应该要知道,世界的风雨不是不大,只是都绕过你。

"中国人总是被他们之中最勇敢的人保护得很好。"

如果你觉得岁月静好,应该要知道,有一些重担不是没有,只是都未压在你身上。

无论之前的你过得怎样,都请相信,你一定被一些人爱着、保护着,哪怕你并未察觉。

希望你,总是被爱,总是感谢,总是铭记,谢谢火焰给你光明,但是不要忘了那执灯的人,他是坚忍地站在黑暗当中呢。

过是"过程"

世人多看结果,自己独撑过程。

冰心说:"成功的花,人们只惊羡她现时的明艳,然而当初

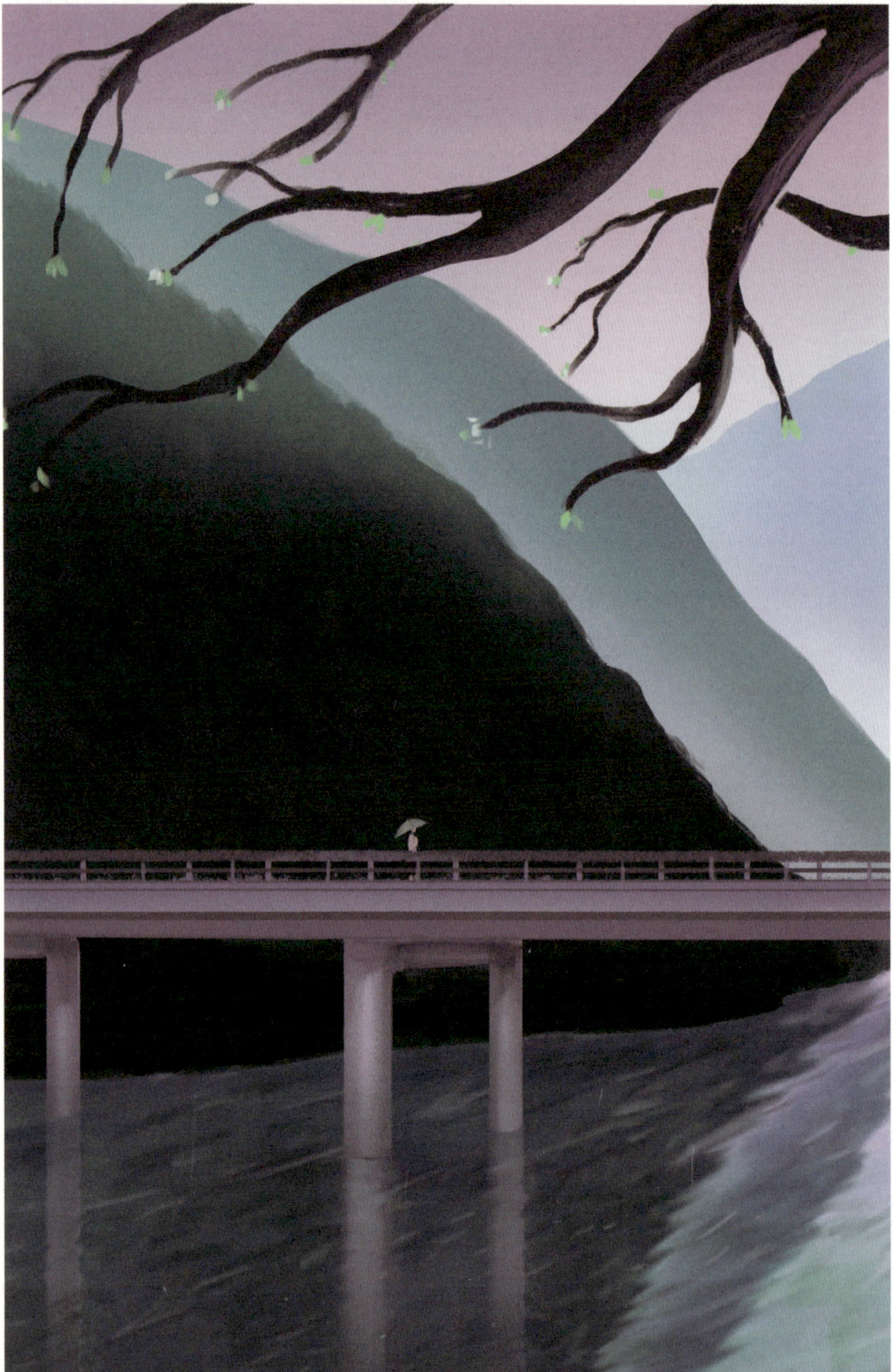

她的芽儿，浸透了奋斗的泪泉，洒遍了牺牲的血雨。"那些"泪泉"和"血雨"，那些暗土里的蓄力忍耐，那些破土时的撕裂坚强，那些风雨时的屹立不倒，就是你"独撑的过程"。这其中的万千滋味，难以向外人道明，是只属于你自己的。

但愿你很努力地生活了，很努力地撑住了，并创造了属于你的独一无二的过程。

相信你，会在一个个过程里，积累起生命的厚度，蜕变得丰盈而笃定。

过是"过瘾"

这个世界充满我们永远无法完全征服的"未被展开的丰富性"，因此，在哲学家海德格尔看来，"热烈地生活，比当下更加热烈地生活，尽可能热烈地生活，这样便能接近我们能够获得的意义"。

人生很难无悔，但酣畅淋漓地去爱、去生活、去创造、去尽力，悔恨或许就能少一些。

回首望去，希望你有过一些酣畅淋漓的时刻，希望你在所热爱的事情上感受过雀跃的欢喜和过瘾的滋味。

建议你，觅得心之热爱，全身心地投入，活得精彩、透爽、享受、过瘾。

过是"过去"

在有些人眼里,"过去"是个伤感的词儿,带着点无法回头的怅惘;在有些人眼里,"过去"却是个实打实的好词儿,比如:彻骨的寒冷就要过去了,艰难的处境就要过去了,胶着的状态就要过去了……

这么想的时候,心里好像会突然松口气,感到某种充满期待的幸福。让那些不开心、不甘心、不顺心都一起下车吧。让过去过去,那些纠结的往事可以休矣。

提醒你,下一班车进站的时候,清空所有负面情绪,轻装再上路。

过是"过日子"

人们都说,日子是慢慢过出来的。

"日子"是一个多么温暖的词,细密地包裹着流年里的种种:柴米油盐是日子,琴棋书画也是日子;岁月静好是日子,稚子哭闹也是日子;陪伴相守是日子,一人独居也是日子;温情脉脉是日子,生气拌嘴也是日子……

"过"的意思是:你在如何经营自己的生活。生活是琐碎的、重复的，打发着过的人常常会觉得累，而那些把琐碎过出诗意、把重复过出新意的人，那些"会过日子"的人，会觉出其中的滋味。

祈愿你，在所有平凡如常的日子里，开开心心地，有声有色地，欣欣向荣地过下去。

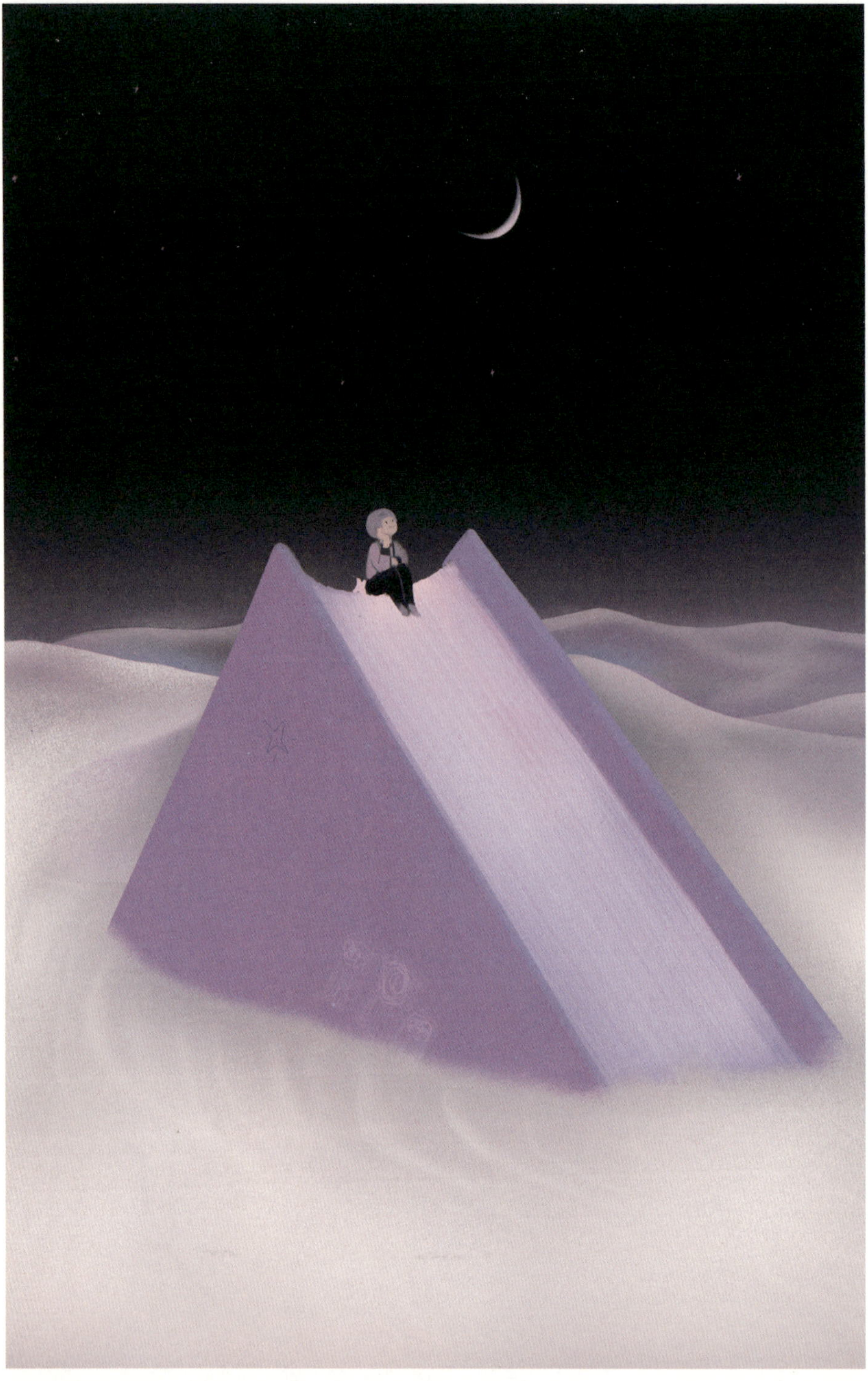

第二章 —— 骑鲸追梦，踏浪前行

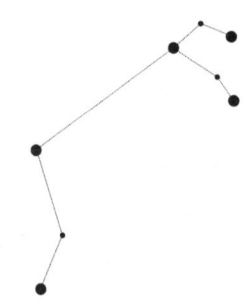

每个人的心中都住着一个齐天大圣

《文化十分》梁珊珊

一到暑假,总会有频道播出央视86版《西游记》。有人粗略统计,这部电视剧"霸屏"30余年,重播次数或超3000次,平均每人看过3到4遍……导演杨洁在世时曾说,没为钱,没为名,没为利,《西游记》像唐僧取经一样历经"九九八十一难"才拍成的。

假如你能做一天的孙悟空,花果山水帘洞,可想回去看看?七十二变,最想幻化成谁的模样?筋斗云,最想驾着飞到谁的身边?火眼金睛,最想识得谁的心思?金箍棒,又想守护谁?其实,上承《西游记》作者吴承恩,下迄央视86版《西游记》创作团队,每个人心中都住着一个至情至性的齐天大圣,历九九八十一难而不倒,只因信念不倒。

真经一:人情味

"杨洁,要是让你把《西游记》拍成电视剧,你敢不敢接?"

当时的央视副台长洪民生在宣布了王扶林拍摄《红楼梦》以后,紧接着的这句问话就像在杨洁头上响起了一个惊雷,她几乎不敢相信自己的耳朵!一怔之后,她冲口而出:"有钱就敢,为什么不敢！"

副台长立即接着说："好！局党委决定：由杨洁来拍《西游记》！"

二十世纪八十年代初，电视荧屏上流行的只是港片《霍元甲》、日本的《铁臂阿童木》以及美国的《加里森敢死队》……

为此，中央领导提出把中国四大古典文学名著搬上电视荧幕，首先上马的就是《红楼梦》和《西游记》两个项目。

在此之前，动画片和戏曲舞台上早有对西游故事的演绎。考虑到这是一部家喻户晓、雅俗共赏的名著，唐僧师徒的形象和故事早已深入人心，杨洁和几位编剧对于《西游记》的电视剧改编定下八字原则："忠于原著，慎于翻新。"

杨洁选取原著人物故事最强的段落部分，拍成一个个连续而又独立的故事，并力争让每一个故事不雷同，具备各自的主题和风格。比如《计收猪八戒》是闹剧，开心处要让人捧腹大笑；比如《三打白骨精》要有悲情格调，动情处要让人潸然泪下……

鲁迅先生的一句话让杨洁感触很深："神魔皆有人情，精魅皆通世故。"

所以，对于西游故事最重要的改编，就是让吴承恩笔下的师徒四人、神魔鬼怪、神仙佛道都有"人情味"。

杨洁在回忆录《敢问路在何方》中写下这样一段话：

有人认为，"人情味"三个字与《西游记》这个神话故事无

缘。错了！无论什么戏，若是失去了"情"，就失去了灵魂！所以必须着力刻画人物，浓墨重彩地描写人情……所有这些人物都可以在生活中找到他的原型。

"无论什么戏，若是失去了'情'，就失去了灵魂！"杨洁的观点即便是放在今天，依旧让人深思。

在所有人物中，电视剧对于唐僧的改编是比较大的。

其实，历史上的玄奘大师排除万难一人取得真经，度化众生，是功德无量的文化使者。但小说为了突出孙悟空的形象，某种意义上贬低了唐僧——人妖不分、软弱无能。

杨洁要为唐僧"平反"。

在《三打白骨精》一集中，原著中唐僧因为肉眼凡胎，并不知孙悟空打死的是白骨精，误认为是三个手无寸铁的无辜百姓，加之白骨精伪造的"天书"又直指悟空为"凶徒"，唐僧终于忍无可忍，驱逐爱徒。孙悟空临走前叩拜谢师恩。

在原著中，对唐僧的描写极为简单，"唐僧转回身不睬，口里唧唧哝哝道：我是个好和尚，不受你歹人的礼！"

但在电视剧中，我们看到由汪粤饰演的唐僧含泪目送孙悟空离去，配乐《吹不散这点点愁》响起，唱尽唐僧念着师徒情深，心中万般不舍，却碍于礼法又不得不痛下决心。他的眼泪始终窝在眼里不曾落下，直至转身离去，留下身后一片氤氲缱绻的山水景色，映照着内心的无可奈何。

汪粤分享，自己曾经在某景区拍摄另一部电视剧时，被路过的一帮小学生认出来了。孩子们情绪很激动，围着他又是哭又是责骂："坏人！坏唐僧！为什么要把孙悟空赶走！"场面混乱，剧组甚至因此无法正常进行拍摄。

但令汪粤没想到的是，等这些孩子平静下来后，竟然把自己随身带的小礼品都赠予他。孩子们对他的理解和真心让他至今都感动不已。

西游记中有关唐僧最经典、让人印象最为深刻的一场戏，当属《趣经女儿国》一集。这部分原著中对于唐僧的描写寥寥，但电视剧中则浓墨重彩加上了唐僧与女儿国国王的一段感情戏。唐僧取经之诚心毋庸置疑，但面对才貌俱佳的女儿国国王一片痴情，怎能不动一点点凡心？

所以，我们看到剧中，待唐僧终于鼓足勇气抬眼看了这位美人，惊艳、颤抖、心慌、满头大汗。

在那首至今都颇为流行的配曲《女儿情》中，有一句"悄悄问圣僧，女儿美不美"，其实最初的版本是"悄悄问哥哥，女儿美不美"。

杨洁将"哥哥"改成"圣僧"，因为女王毕竟是女王，虽然有情，但依然碍于身份。一个称呼的差别，不仅多了些许矜持，更是对命运的无奈。

瞬间的动摇不会影响他西天取经的决心，却让这个人物更富有人情味。尺度拿捏到位了,才是"慎于翻新"。

对于孙悟空的个性塑造也是如此。

孙悟空自五行山下被唐僧救出。在借宿的农户家,夜里唐僧坐在油灯旁为徒弟缝制虎皮裙,一旁的孙悟空还用手遮住吹来的风,并把油灯往师父的方向挪了挪,好让他看得更清楚一些。细节见真情。

而当孙悟空去救被黄袍怪变成老虎的师父时,原著中,悟空趁机挖苦了唐僧,但在电视剧中,却只剩下一句声音发颤的"师父"。

除了对人物和剧情的改编,台词上的改编更可见编剧的用心。

"你是猴子请来的救兵吗?"

《西游记》中这句台词一度成为网络流行语,在原著中的原句是"你是孙行者请来的救兵吗?"把"孙行者"改成"猴子",红孩儿的傲慢无礼和顽劣自大显现出来了。

再比如悟空在如来佛祖掌心那场戏,原著里写,"大圣行时,忽见有五根红肉柱子,撑着一股青气。他道:'此间乃尽头路了。这番回去,如来作证,灵霄宫定是我坐也。'又思量说:'且住!等我留下些记号,方好与如来说话。'"

在电视剧中,编剧不仅翻译得更为直白朴实,还加了几句台词,说道:"这五根柱子一定是撑天的天柱,这一定是天边了吧,不好,要是这柱子不结实,如果捅断了,天砸下来我的头可不得了,我要赶紧走。我得要留下一个记号,省得那胖老头赖账。"

如此一来,改编后的台词衬得孙悟空也愈显顽皮可爱了。

真经二：戏曲魂

让西游人物的个性更加鲜明，更有人情味，除了剧本的改编和打磨，最重要的自然是演员的表演。

那个年代，电视剧还刚刚起步，但戏曲表演却已有几百年的历史和经验。聚合"唱念做打""手眼身法步"四功五法，及诗、书、琴、画、舞、乐等艺术元素，传统戏曲是古典审美意趣的结晶。在中国，影视表演艺术自诞生之日起，即与戏曲表演水乳交融。

央视86版《西游记》之所以有一种说不出的东方古典韵味，就在于演员的一招一式、一举一动中都深藏着他们的戏曲功底。尤其是"身段"、眼神和戏曲程式化动作，绝非一朝一夕能够习得。

无论是服装、造型、表演，还是武打、舞蹈场景，《西游记》都保留了戏曲魂。

剧组的主创人员中，不仅导演杨洁是央视戏曲节目的导演，副导演荀皓出身京剧世家，是京剧"四大名旦"之一的荀慧生大师的嫡亲长孙，在选角上，剧组也大量吸收了戏曲演员。

《西游记》副导演荀皓说，像孙悟空这样集动物性、人性、神性于一体的角色形象，其形体、表演方式在任何国外的电影、话剧或者歌剧等表演艺术中，都无可借鉴的范本和模式。于是，他们便把目光投向了中国的戏曲艺术。

孙悟空的扮演者六小龄童出身于绍剧猴王世家，从他曾祖父

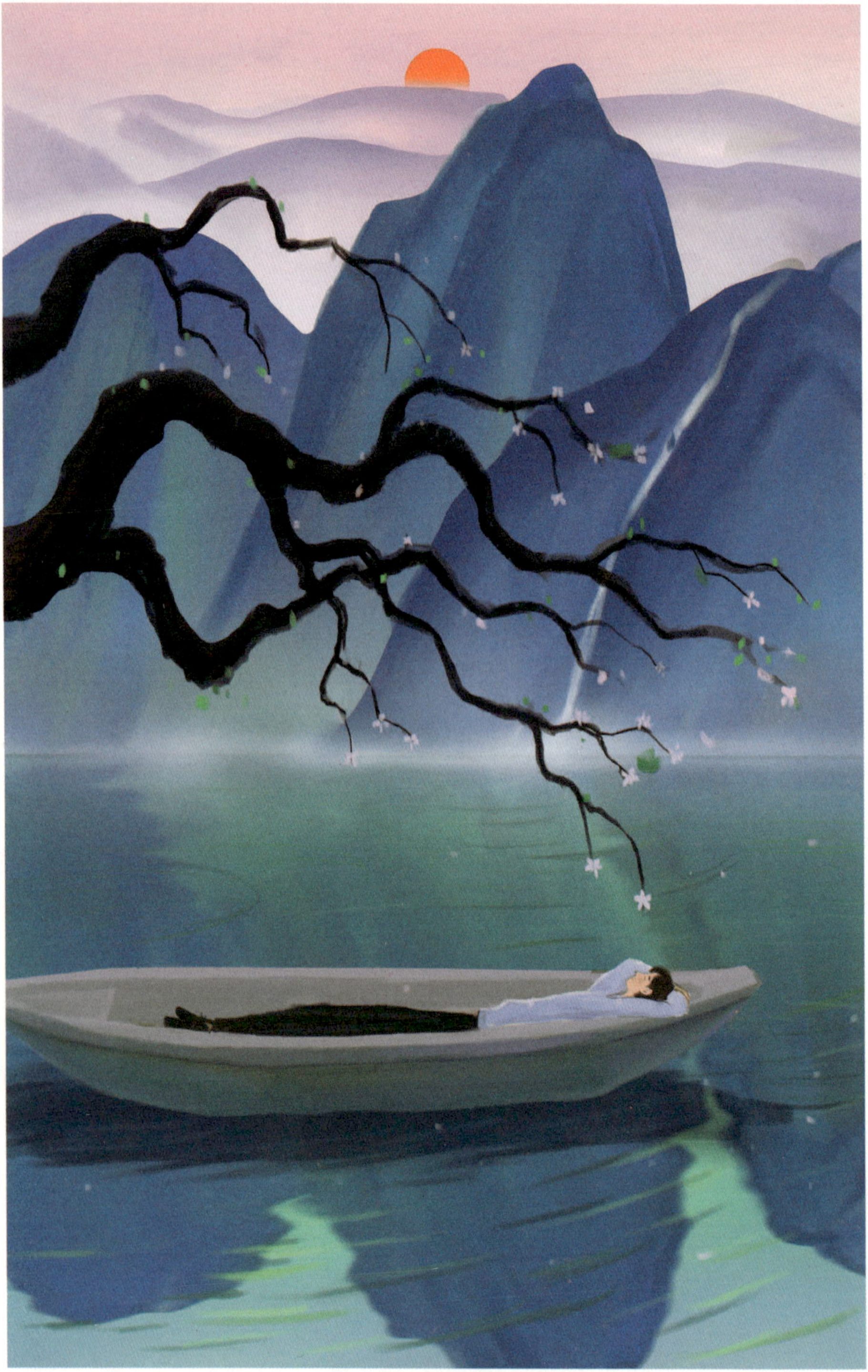

一代即开始演猴戏，父亲六龄童更是有名的"南猴王"。

六小龄童6岁从父练艺学武，1976年考入浙江昆剧团艺校，专攻武生。他曾多次坦言：没学过戏曲是演不好孙悟空的。

在电视剧《西游记》中，孙悟空的面部造型除了没画红油彩之外，基本上就是戏曲脸谱的样子；在表演上，六小龄童更是运用了很多戏曲中"猴戏"里的程式动作、表演技巧和绝活。

除了日常东倒西歪的走路姿势、挠痒、盘腿、耍棍、窥望及喜怒时的不同表情等，六小龄童还贡献了很多猴戏特有的"绝活儿"。

比如第二集《官封弼马温》，孙悟空龙宫借宝，原著里就简单两段：龙王先拿钢叉、画戟，最后带他去找金箍棒。

然而在电视剧里，孙悟空不但耍了叉，还耍双锤、耍钢鞭、耍画戟，在龙宫里甚是折腾了一番。这一套动作，其实就是戏曲里的"把子功"。猴戏中"把子功"，多是表现孙悟空调皮捣蛋，这些应用到电视剧的表演之中，很自然，也很有观赏性。

再比如偷吃人参果那集，悟空跟八戒嬉闹时用到的椅子功，也是戏曲舞台上常见的表演。

猪八戒的扮演者马德华是北方昆剧院的丑角演员，在剧中的表演，他也结合了京剧李幼春和绍剧七龄童在戏曲中扮演猪八戒的表演技巧。

对于猪八戒的演绎，有一个细节很多人不曾发现：早上一般精神头足，所以八戒都把钉耙扛在肩上，下午的镜头便是拿在手上了,等到了傍晚,就是在地上拖着了。

唐僧的扮演者之一迟重瑞,成长于北京一个五代京剧世家,从小深受京剧艺术的熏陶,也算是半个戏曲人。

在《西游记续集》中扮演沙僧的刘大刚,则是中国京剧院的花脸演员。

饰演观音菩萨的左大玢,是湖南省湘剧团的一名湘剧演员。她曾经在一档节目中分享自己在电视剧拍摄中对戏曲的运用:如果观音按生活中那样走,不美;如果按戏曲青衣的走法,太脱离生活;于是她在生活化走法上,加上戏曲中一点点圆场,"神仙的感觉就有了"。

除了师徒四人,配角中的戏曲演员就更是数不胜数。

赵丽蓉,评剧演员,《西游记》中饰演车迟国王后;

杨俊,黄梅戏"五朵金花"之一,《西游记》中饰演白骨精化身的村妇;

李玲玉,越剧演员,《西游记》中饰演玉兔;

杨春霞,京剧演员,《西游记》中饰演白骨精;

王凤霞,京剧演员,《西游记》中饰演铁扇公主;

高玉倩,京剧演员,《西游记》中饰演高老太(猪八戒的岳母);

魏慧丽,京剧演员,山东省京剧院当家花旦,《西游记》中饰演高翠兰(猪八戒老婆);

李云鹃,京剧演员,京剧大师李和增先生之女,《西游记》

中饰演蝎子精……

《西游记》副导演荀皓提到，起初戏曲演员离开舞台上的锣鼓点会有点不知所措，但时间长了，"锵锵锵锵锵锵……"的锣鼓点渐渐内化于心，这也是我们总觉得《西游记》演员的表演颇有"节奏感"的缘由。

此外，还有一个有意思的细节，央视86版《西游记》经常在一集要结束时，出现一个"四众亮相"的镜头——唐僧师徒四人定格在同一个画面中。

这其实也是传统戏曲舞台演出结束时的标准亮相动作，叫作"打点"。如果这个场景出现在舞台上，下一个动作就是拉大幕了。

真经三：能吃苦

《西游记》中饰演仙风道骨太上老君的，是北京人艺的表演艺术家郑榕，他曾在经典话剧《茶馆》中饰演过常四爷。

虽然太上老君的戏份不多，每次出场，也不过寥寥几句台词。但每次拍戏前，郑榕却总是第一个到片场，一个人静静地在一旁备戏。

他的戏份，大都需要在"天宫"里完成，大量的"干冰"让地面变得又湿又滑，在拍孙悟空去太上老君丹房里偷仙丹那场戏时，六小龄童就曾不小心摔过一跤。郑榕老爷子年纪大，腿脚不大好，可摔不得，但他坚持待在现场，直到整场戏都拍完。

出于对于老爷子人品和艺德的敬重，杨洁导演还聘请郑榕在多场戏里担任表演顾问。虽然只是顾问，但他却处处事事参与，每天早起晚睡，钻研剧本，及时向导演和演员提出一些表演上的建议。

剧组为他买了点茶叶，他也不要，坚持喝白开水。有一阵剧组里闹耗子，唯有老爷子的屋里没有。后来杨洁才恍然大悟：他屋里没什么可吃的，所以耗子也自然不会光顾他的房间了。

剧中那个偷袈裟的金池长老，扮演者是程之老先生，他精通诗词、书画、篆刻，是一位难得的奇才，但在剧组也全无架子，风趣幽默，常常逗得大家开怀大笑。

为了更贴合角色形象，化妆师在他脸上用乳胶糊上了很多皱纹，再用吹风机吹，整个妆化下来要四个小时。程之老先生不忍心大家等他那么长时间，索性晚上就带着妆睡觉，第二天妆面完好无损。

不只是老艺术家，对于年轻演员的遴选，杨洁也有一个基本标准：能吃苦。

六小龄童回忆自己当时因为高度近视而带来的苦恼：孙悟空有一双"火眼金睛"，自己却有600度的近视、200度的散光，摘掉眼镜，眼睛自然就显得呆滞、无神。

为此，他早上去看日出，白天盯着人家打乒乓球，晚上点一根香盯着香头看。直到现在,六小龄童还能盯着一盏灯,眼睛一眨不眨地看上二十多分钟。

在《大战红孩儿》一集中,红孩儿放火烧孙悟空,六小龄童裹上厚厚的石棉衣,真烧。他不愿意用替身,一来觉得人家也是人,烧起来肯定也很难受,二来替身演员没办法像他那样同时表演猴的一些动作。

拍戏时,很多演员和剧组工作人员都在旁边备着铲子、沙子、水,就等着六小龄童万一坚持不了了,赶紧去帮他灭火。

终于拍完了,他脸上的猴毛也烧掉了,面具也变形了。导演一喊停,六小龄童滚到一边,躺在地上起不来了。后来被问到拍那场戏最大的感受,他直言:我终于知道了一个人快被烧死之前是什么感觉……

续集中沙和尚的扮演者刘大刚则讲到,每天拍摄结束后身上都会留下"三道沟":第一道是因为挑着前后各装着五块砖头的担子,肩膀上难免被勒出痕迹;第二道是两个沉甸甸的铜耳环拴在耳朵上,把耳朵也勒出一道沟;第三道是被脖子上挂着的五公斤重的佛珠勒出来的。

杨洁导演生前曾多次感恩当年的《西游记》剧组:无论主角配角,大家都一视同仁,没有保镖、经纪人;而无论拍摄条件多么艰苦,自始至终没有一个人叫过苦。

真经四：求实景

在选择拍摄地上，《西游记》剧组更是下了一番苦功夫。

很多人提出棚拍，或者在北京郊区拍摄，但杨洁导演不接受。她认为一部神话剧，最重要的一个特点就是要"美"。神奇的故事必须与绝妙的风景结合起来。

在回忆录《敢问路在何方》中，杨洁导演如是写道：

> 《西游记》，"游"是一条贯穿线。从大唐景色到异国风光，环境的变化，表现了路途的遥远和取经的艰辛。我要通过"游"字，把我国绚丽多彩的名山大川，名扬四海的古典园林，历史悠久的佛刹道观摄入剧中，增强它的真实感和神奇性，并达到情景交融，以景托情的效果。

杨洁带着由一名摄影师、一个美工师、一个照明师、一个剧务组成的前采选景班子，用了两个多月的时间，行走了几千公里，去了全国六十多个景点。

她回忆那段日子："几乎每天都是天不亮就出发，不一定几点钟才能休息，每天，火车、汽车、轮船、飞机，天天赶路，马不停蹄！"

而当时的她其实已经年过半百了。

像九华山、张家界等景区基本上尚未开发，山路崎岖惊险，他们爬上山后又常常要风餐露宿，吃尽了苦头。在张家界黄石寨寻找理想的《三打白骨精》取景地时，杨洁甚至险些坠落悬崖。

采景尚且如此艰苦，更不用说进入正式开拍阶段了。

我们在片尾曲中看到的那个画面，是在景区九寨沟拍的。那时候山高路险，交通不像今天一样方便。料想不到，为了拍这几秒的镜头，师徒四人差点从崖上滑脚跌落。

就连白龙马，也多次遭遇跌落沟渠的险情。

电视剧中几分钟的场景切换，常常远隔千里甚至万里。只花果山这一个场景，剧组就辗转去了很多地方才拼出来。

石猴出世那出戏，海是北戴河，瀑布是贵州黄果树瀑布，山是江西庐山，远景是湖南张家界，水帘洞是湖南冷水江波月洞，石猴出世跑的那片椰子林是海南文昌椰林，悟空出海拜师学艺是在福建东山岛……

据剧组唯一的摄影师，也就是杨洁导演的丈夫王崇秋回忆，在原始椰林里拍摄时，有一种小飞虫，肉眼几乎看不见，但"威力巨大"。杨洁晚上回去睡觉的时候，觉得两条腿痒得钻心，一数，左腿48个包、右腿49个包。拍摄女儿国，开头大街是嘉兴乌镇，内景是苏州园林，外景女王与唐僧游园是在杭州西湖。

孙悟空被压的五指山是在云南石林；宝象国是大理古城；乌鸡国是扬州个园；红孩儿那一集拍摄于长白山森林；人参果那一集取景于四川都江堰和青城山；玉兔精那集是在云南瑞丽和泰国王宫拍的……

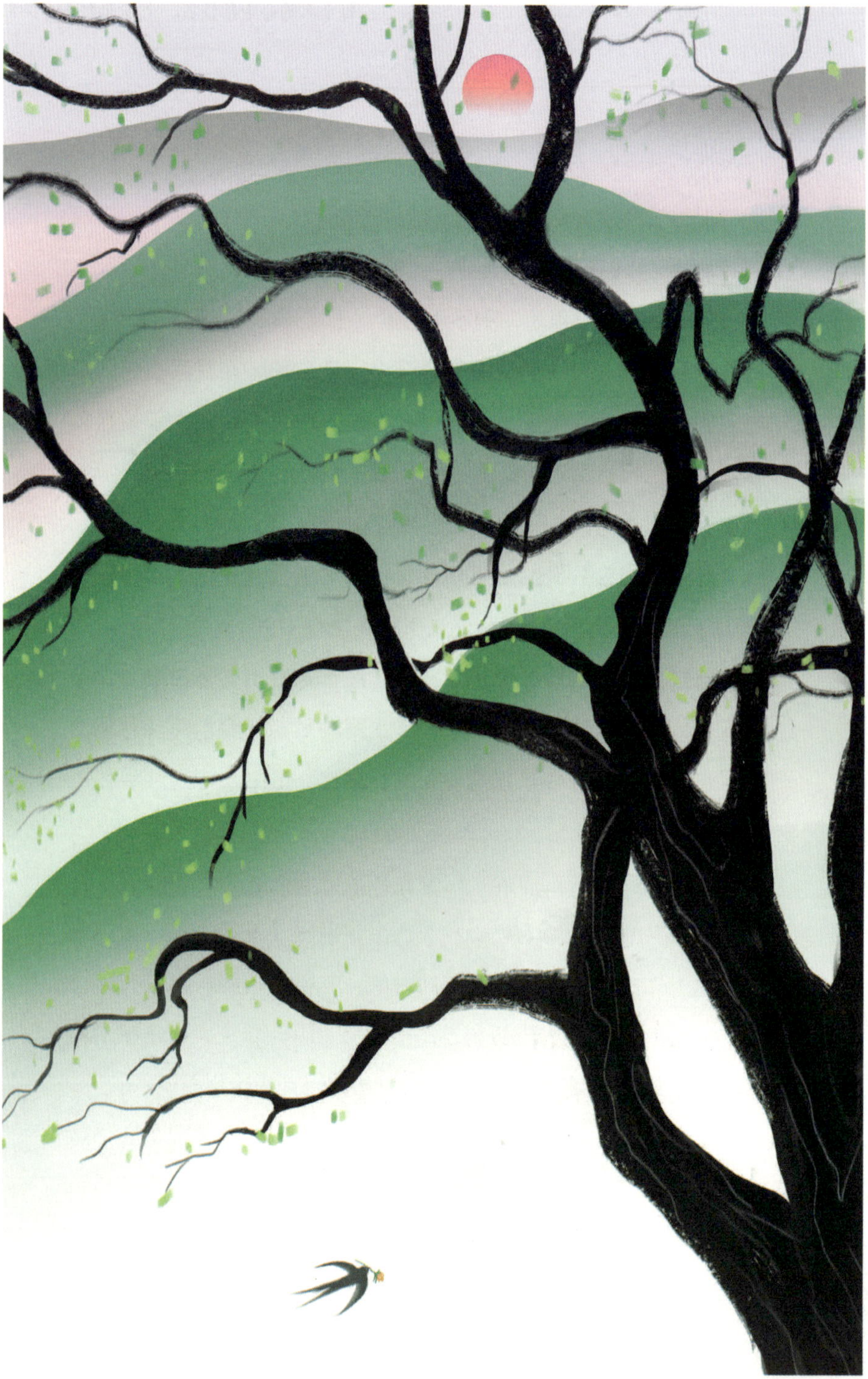

最终，杨洁导演带着剧组走遍全国26个省份实景拍摄，相较现在很多电视剧运用抠图、大量使用绿幕，不仅视觉效果上截然不同，主创们对于艺术创作的诚意更是有别。

在剧组跋山涉水、紧张拍摄的几年里，许多质疑声也流传开来。

有人说：谁拍电视剧会这么慢？绣花也绣出来了！

有人说：国家不该拿这么多的钱让他们去游山玩水……

为此，由当时的财政部、广电部和中央电视台三家组成的调查组亲自来剧组调查。

在剧组待了10多天，调查组也一起参与拍摄，帮着加夜班、抬机器、装卸车。临走时，调查组对杨洁说："没想到《西游记》剧组是这么辛苦！我们回去会为你们汇报，你有什么要求吗？"

"我们的设备太差了，只有一台摄像机，录像机还是台里最旧的，老出毛病，影响进度。希望给我们加一台或者换一台。"

他们不但答应了杨洁，还说："你们风里雨里跋山涉水的，连件风衣都没有，剧组就花钱给每人做件风雨衣。我们批准了。"流言就这样不攻自破。

时过境迁，我们再看《西游记》，还能一睹20世纪80年代中国风景区的原貌，这无疑为电视剧本身也增添了历史感。

真经五：赤诚心

拍摄25集电视连续剧，只有一个摄像师一台摄像机，对于今天的我们而言，实在很难想象。辗转在全国各地拍摄的杨洁，也曾因进程慢被领导批评。

而在所有的拍摄难题中，最让她头疼的是特效。一部神话剧，如何少得了魔幻色彩。

可是，20世纪80年代初期那个物质相对匮乏的时代，影视剧艺术刚兴起，国人尚不知特技为何物，没见过"威亚"，也没听过电脑特技、虚拟演播室……有人提议用美国的特效技术，杨洁不同意，经费都花在这上面了，哪还有钱拍戏。

为了弥补技术上的劣势，剧组真是绞尽脑汁。比如，孙悟空的筋斗云，是用棉花塑的形。

在拍摄"天河牧马"一节时，为了呈现万马奔腾的场景，而且在"天宫"不能露地，摄像师王崇秋就把自己埋进土坑里仰拍，因为马蝇的叮咬，他一度染上皮肤病。

后来从几个香港人嘴里得知，很多飞行的动作可以靠吊"威亚"完成，导演和摄影师赶紧跑去香港剧组"取经"，稀里糊涂地回来后照着葫芦画瓢，一边猜一边实践一边摸索。

由于对钢丝的承重量没有研究，拍摄中钢丝断过无数次，猪八戒扮演者马德华、沙僧扮演者闫怀礼都摔过，特别是孙悟空六小龄童，有一次摔得直接昏死过去。

每次吊"威亚"拍摄结束，几位演员都互相调侃："嘿，咱这回又没摔死。"

就这样拍了10集，300万的经费用完了，《西游记》剧组也被叫停了。

经过杨洁百般争取，央视决定可以继续拍，但资金得自己找。导演发动剧组四处去找资金，最后还是"蜈蚣精"的扮演者李鸿昌找到了铁道部十一工程局，提供了300万资金。因为物价上涨，景点收费，300万还是拍不了剩余的20集，原定30集的《西游记》，只能忍痛砍掉5集。

剧组里吃得很简单，那时候也没有"盒饭"一说。主食主要是馒头稀饭，有时也做点儿包子和汤，配菜就是咸菜，偶尔有根香肠。

有几次剧务人员找当地领导特批，才给大家弄来一些鸡蛋。在内蒙古拍摄的时候，来回要200里地，车子拉着饭往现场送，到了地方饭早就凉了，大家也习惯了这种生活。

经费紧张，演员的酬劳自然也不高，像六小龄童和马德华这样戏份多的主演，一集也只能拿到80多块，有些剧组工种的工作人员一集只有30块。

请不起太多配角演员和群众演员，演员们就一人分饰多个角色。有时候场面大，缺龙套演员了，全剧组不论美工、道具、服装、配音，全部都上。

《西游记》制片副主任李鸿昌,一人分饰七角:渔翁、黑狐精、蜈蚣精、驿丞、大臣、接引佛祖、客商;沙僧扮演者闫怀礼,还在《西游记》中扮演:太上老君、牛魔王、千里眼、西海龙王、和尚、老者、卷帘大将、监丞;徐少华一人分饰三角:唐僧,唐僧的爸爸陈光蕊,东海龙王;迟重瑞一人分饰四角:唐僧、井龙王(《除妖乌鸡国》)、天庭文臣(《四探无底洞》)、沙僧(《传艺玉华洲》);武术指导林志谦在剧中饰演二郎神、混世魔王、广目天王……

如今,科技愈发先进,特效也更酷炫,资金更是充足,然而能大浪淘沙留下来的电视剧作品却并不算太多。杨洁在接受采访时曾经说道:"我有一段时间根本不看中国电视剧,看了生气,好东西太少。你想,50集的电视剧恨不得40天拍完,演员一秒前还在打情骂俏,下一秒就要入戏,怎么可能?这么搞下去,电视剧要走向何方?"

为什么《西游记》能火30多年呢?

导演杨洁曾经一针见血地说道:"因为我们是在搞艺术,我们没有为钱,没有为名,没有为利。我们用性命在拼搏,用心血在创造。"

她以《西游记》续集的片尾曲《庄严我神州大地》,致敬当年剧组所有的工作人员:

路迢迢,十万八千里。

披荆斩棘,一路将尘埃荡涤。

回首望,多少往事历历;

凝结下,一片真情依依。

看天降祥和,云飘如意,

圆圆满满,庄严我神州大地。

怀抱理想主义,不计名利得失,将一件事做到极致,保持对艺术最纯粹的初心和敬畏之心,是《西游记》这部经典和西游精神带给当下的启示。

要有多难，才能找到一生所爱

《时代楷模发布厅》节目组

在过去76年里，有这样一群人，他们或从海外留学归来，或从名牌大学毕业，却在最炙热的青春年华，放弃更为优越的生活，选择去人迹稀少的荒凉大漠里，苦苦守候半个多世纪……

在这76年间，他们做了一件对得起祖宗、对得起全天下炎黄子孙的大事！

一切源于一场相遇

敦煌莫高窟，被誉为"万佛之国"，它璀璨瑰丽，壮阔神秘，穿越千年而来！

然而，我们很难想象，这样一处中华民族文化宝库，曾经在近500年的时间里，无人管理、任人破坏偷盗，大量文物被洗劫一空。

到20世纪初期，已经有很多洞窟被黄沙灌满，壁画和石像随时会灰飞烟灭，莫高窟危在旦夕。

就在千年文明生死存亡之际，一场冥冥之中的邂逅，开启了一个人、一群人、一代代人，与这座"千年佛国"的相遇……

那是1935年秋，在巴黎塞纳河畔的旧书摊上，一位叫常书鸿的年轻油画家翻到了一本图册，伯希和编著的《敦煌图录》。书中的壁画和石像，让他震惊不已：这些千年前的作品，与西方当时各流派的艺术相比，丝毫不落下风，甚至高于其上！佛祖温润含笑的嘴角，万千细腻婉转的线条，似乎画册的每一个方寸之间，都藏着一个无比广袤的神秘世界。而这个世界，正来自他的祖国，万里之外的中国敦煌。

当时，31岁的常书鸿在欧洲艺术界已经颇有名气，可他从不知自己的祖国，竟有这样一座艺术宝库存在。他忏悔着责怪自己："数典忘祖、惭愧至极！"

只一眼，便是千年，而这一眼，竟是改变一切的机缘。常书鸿的命运就此改变，万里之外莫高窟的命运，也被改写……

1936年，常书鸿不顾所有人的劝阻，只身回到战火纷飞的祖国。他要去敦煌，越快越好！1943年3月，常书鸿冒着抗战的炮火、穿过破碎的山河，艰难跋涉数月终于到达敦煌。但当他真正走进莫高窟，才发现自己日思夜想的艺术圣地已经是一片狼藉，一层洞窟基本被流沙掩埋，满窟的塑像倾倒垮塌，大量壁画严重空鼓、大片脱落……

眼前的一切让常书鸿无比痛心，他决定留下来，以全部精力来守护敦煌！1944年元旦，国立敦煌艺术研究所成立，莫高窟近

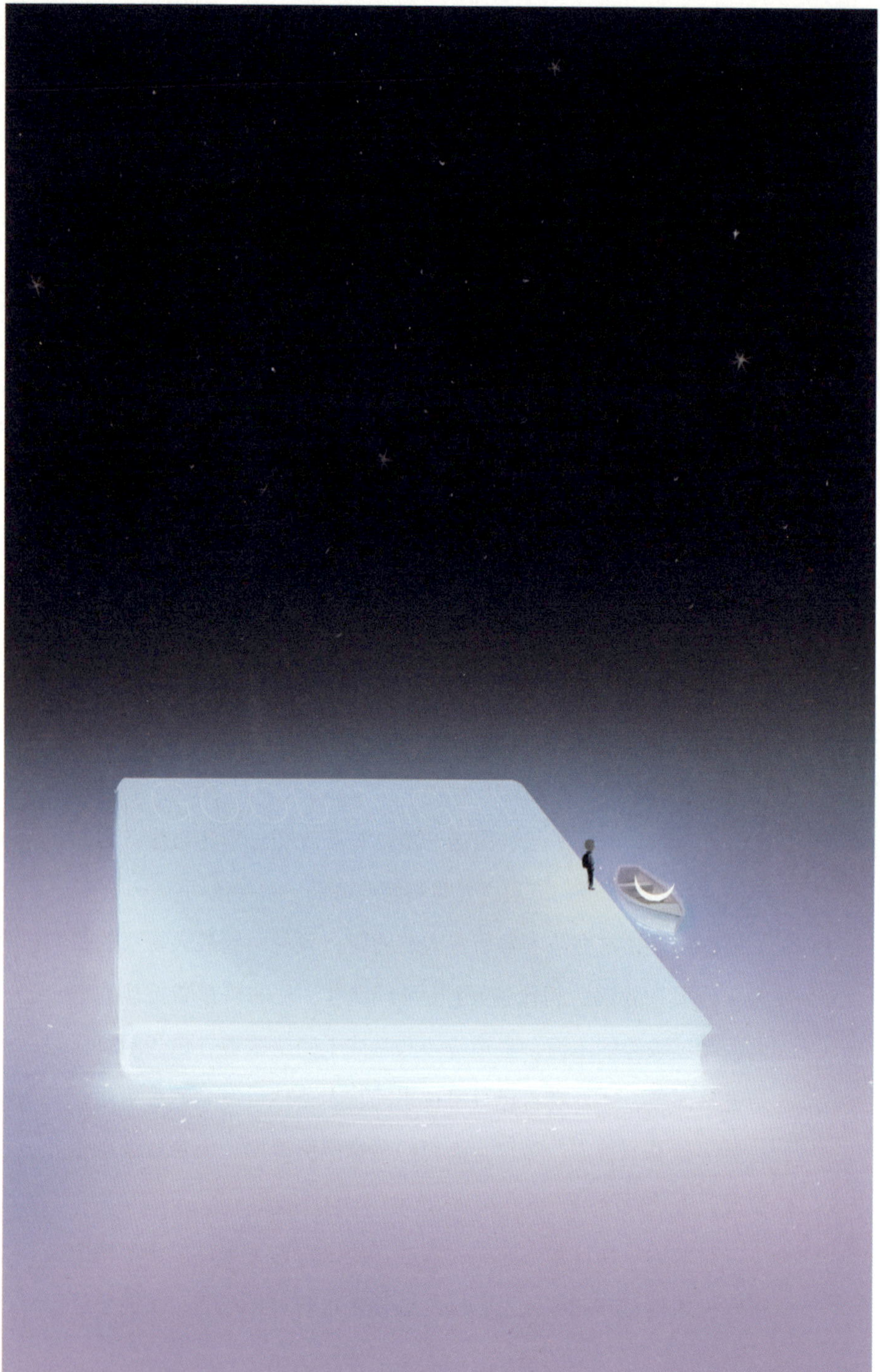

500年无人管理的历史因常书鸿而彻底终结。妻子带着一双儿女与他在敦煌团聚。他们脱下洋装换上棉袄，住破庙、睡土炕、点煤灯、喝咸水。冬天，屋里冷得滴水成冰，一场大风过去，满屋子里厚厚一层黄沙，甚至连喝水，都得一家人拎着筐去河里打冰！与他们在巴黎多年的优渥生活相比，这样的艰难可想而知……

1945年，妻子终于忍受不了，留下了尚年幼的儿女，逃离了敦煌。当常书鸿终于意识到妻子的出走，纵马去追时早已经来不及，他在戈壁上坠马昏厥，被人救回来才捡回一条命。

在子女的哭叫声中，常书鸿默默地承受着失去妻子的痛苦，悲痛至极的他一个人站在莫高窟里，看着《萨埵太子舍身饲虎图》。

他想，萨埵太子可以奉献自己的身体救活一只奄奄一息的老虎，我为什么不能舍弃一切侍奉艺术，侍奉这座伟大的民族宝库呢？我如果为了个人的一些挫折与磨难就放弃责任而退却的话，这个劫后余生的艺术宝库，很可能随时再遭劫难。他暗暗发誓：不能走！不管有多少艰难险阻，都要与敦煌终生为伴。

为了守住敦煌，他四处"招兵买马"，只要遇到年轻人，他便问："你愿不愿意来敦煌？"他的召唤很快有了收获，此后，一批又一批热爱敦煌艺术的青年们在荒滩戈壁上扎下根来。为了带领大家守护好敦煌，已经在西方美术界赢得荣誉的常书鸿，干脆放弃了个人的艺术创作。

他带领着第一代莫高窟人，克服了常人难以想象的艰苦，几乎是用双手清除了数百年来堆积在300个洞窟里的积沙。他们给洞窟编号、测绘、照相、临摹；他们不停地种树，修建了1000多米的防沙墙……

敦煌在中国，敦煌学在世界

1946年的一天，常书鸿比往日显得兴奋，他又招募了一群愿意保护敦煌的年轻学子，这些穿着西装旗袍、受过高等教育的年轻人，在兰州登上常书鸿找来的破旧大卡车，沿着张骞、玄奘走过的路，一路颠簸了1200千米来到敦煌。

这里面有一位学国画的大学生，名叫段文杰，临行前，因为牵挂家中妻子和孩子，他计划着就是到敦煌看一看，谁能想到，这一看，竟是9年后才见到妻儿，这一看，他把一生都许给了敦煌！

段文杰一放下行李就奔向洞窟。第一眼看到壁画时，他又惊讶又感动，1000多年前的画工们，究竟是怎样一笔笔地在这样黑暗的洞窟里，创造出如此绚烂的万佛世界？从那以后，段文杰眼里再没了其他，唯有敦煌！

血气方刚的他，跟越来越多来到敦煌的年轻人一起，拎着一个暖水瓶钻进洞窟，借着镜子和白纸反射的光，在阴冷黑暗的洞窟里，整日整日地临摹。从北魏的佛国，到隋唐的山水、人物、建筑，衣袂飘举、光影交错……

1951年，段文杰和他的同事们开始了对285窟整个壁画的临摹。1953年，285窟整窟原大原色作品在北京、上海、东京等地展出，引发了持久的敦煌潮。1955年，已经在敦煌守候了9年的段文杰终于借探亲回家之际，把多年未见的妻子和儿子接到敦煌。

1984年，段文杰成为继常书鸿之后守护敦煌的第二任掌门人，尽管已经年逾花甲，但他依然是临摹壁画最多的人。如果说常书鸿挽救了敦煌，那段文杰则令全世界对敦煌刮目相看！他穷尽一生培养人才，一生致力于敦煌学研究，主持创办了国内外第一本敦煌学定期刊物《敦煌研究》，并先后主持举办了四届敦煌学大型国际学术会议！

陈寅恪曾经说："敦煌者，吾国学术之伤心史也！"到20世纪80年代，中国人终于可以昂首挺胸地说：敦煌在中国，敦煌学在世界！

择一事，终一生，不为繁华易匠心

在敦煌，时间变得既慷慨又奢侈：面对穿越时光而来的莫高窟，千年只是一瞬间；对于守护着敦煌的人来说，要做成一件事，动辄就是十年、二十年，甚至一生……

1956年，正读高二的李云鹤响应国家号召前往新疆，因为遇到了常书鸿，本来只计划在敦煌逗留几日的他，竟逗留了一辈子！

常书鸿一眼就相中了这个山东小伙，他说："小李，我要给你安排工作,这个工作不但你不会,咱们国家也没有会的。"常书鸿说的工作就是文物修复师。

当李云鹤以新的身份开始仔细观察壁画的时候,眼前的景象让他震惊:几平方米的壁画会忽然砸下来;风一吹的时候,四壁上起甲的壁画,就像雪片一样哗啦啦地往下掉……看着壁画在眼前灰飞烟灭,李云鹤急得眼泪都掉了下来!

一刻也不能再等了,必须马上把这些文物保护起来进行修复。可当时,既没有技术更没有材料,甚至连个放大镜都没有。年轻的李云鹤逼迫自己在最短的时间里想出办法来。他开始一次次尝试、一次次摸索,硬是靠着自己的双手发明出了小滴管、纱布包、注射器。在日复一日的精雕细琢下,莫高窟里被"病害缠身"的壁画和塑像,慢慢开始"起死回生"。

1962年,常书鸿把161窟的修复任务交给了李云鹤,他借助着微弱的光线,就像做眼科手术一样,几乎是屏着呼吸给壁画一点点除尘、一次次注射、一丝一毫地黏合。李云鹤在161洞窟里整整待了两年,1964年,他终于修复成功。

如今,60年过去了,161窟还是修复结束那天的模样,而常书鸿口中的"小李"已经87岁,他耗费了自己64年的时间,让4000多平方米壁画和500多尊塑像"起死回生"!

64年对于一个人来说,已是一生,对于1600多岁的敦煌而言,只是一瞬。莫高窟一共4.5万平方米,李云鹤忙碌了一辈子,也就只修复了不到十分之一。

10年跟64年比起来，可能不算长，但摄影师吴健却用了10年时间的等待，才终于等来了那一束光！娄婕用了10年时间临摹，才终于通过那一条简单的线，与千年前的画工心灵交汇……

20世纪80年代，更多的年轻人成为"莫高窟人"。18岁的吴健成为一名文物摄影师；24岁的娄婕从西安美院毕业，怀揣着当艺术家的梦想来到敦煌。很快，他俩都觉得自己委屈，吴健觉得拍照片算不上艺术，娄婕认为临摹别人的作品根本不算创作。当时的院长段文杰对他们说："年轻人，喝惯这儿的水，吃好这儿的饭，先做敦煌人，10年以后再说创作！"

10年，在这荒漠上能做什么呢？娄婕在想，吴健也在想。

敦煌158窟里身长15.8米的涅槃像，是莫高窟里最大的卧佛，也是大家眼中最美的佛。可如何通过一张照片，让人感受到涅槃像神情安详，微含笑意的神韵和意境，吴健尝试了很多角度，却怎么也拍不出来！

吴健每天从宿舍到洞窟，两点一线地奔波，日复一日地尝试，近10年的时光从快门中滑过，直到一天下午，他终于找到了那束光……那束光穿透了千年洞窟的黑暗，刚好映在了佛祖的嘴角上。

那一瞬间，吴健有些错愕，光芒仿佛带他和佛像一起穿越回了千年前！

他赶紧按下快门，一张前所未有的涅槃像被记录在了胶片上。

那束光是吴健用无数个晨昏昼夜丈量过的千年时光，从那以后，吴健的照片里融入了"千年莫高"的气质，而这张卧佛照片，也成了莫高窟最具标识性的照片之一。

时间让吴健找到了那束光，也让躁动的娄婕静了下来。1989年，娄婕接到了临摹莫高窟第3窟南壁千手千眼观音的任务。这是敦煌现存唯一以观音为主题的洞窟，中国人物画中的线描手法，几乎浓缩在这一面壁画上，运笔的轻重虚实，时而迂回婉转，时而酣畅淋漓……

原本学油画专业的娄婕，发现自己拿了十几年的画笔突然在手里陌生起来，连一根线都画不流畅，她大哭了一场，把毛笔扔出去很远，那时候她才猛然领悟到，这样一根看似简单的线，正是东方壁画线描最大的魅力。

为了找到千百年前画工在创作时的心境想法和运笔气势，娄婕从画圆圈开始练习，时光从她的毛笔尖上流淌而过，画布擦去了往日的烦闷与焦躁，慢慢地，娄婕落笔后的一切变得不一样了……

一幅8.4平方米的壁画，她用4年光阴才完成临摹。她和莫高窟的艺术家们不断探索和研究，现在已经完成复制原大洞窟15个，壁画临本2200多幅……

时间在这些莫高窟人的眼里，是积淀、是历练，只有潜下心来抛却杂念，才能有机会和千年的华夏文明对话。

4年临摹一幅画像，10年找到一束光，64年面壁修文物，李云鹤、吴健、娄婕，还有更多的莫高窟人，他们不为繁华易匠心，择一事，终一生！

与毁灭抗争留住敦煌

1998年，年近60岁的樊锦诗成为继常书鸿、段文杰之后的第三任院长。眼看着壁画和塑像一天天变化，樊锦诗心里着急。尤其旅游旺季的时候，来敦煌的游客太多了，洞窟里二氧化碳报警器一直响，洞窟外黑压压一片排队的人！

莫高窟温度湿度的变化，会加速壁画的退化，"莫高窟是人类的无价之宝，万一有闪失，我们就是罪人"。一边是千年文物亟待保护，一边是百万游客期待观赏，樊锦诗开始琢磨着，怎么把洞窟里的瑰宝搬到洞窟外面给游客参观。

2000年前后，计算机开始进入中国老百姓的家庭，樊锦诗一接触到信息技术，脑海里产生两个大胆的构想：一是要为每一个洞窟、每一幅壁画、每一尊彩塑建立数字档案，利用数字技术永久保留莫高窟的"容颜"；二是以球幕电影的形式，让观众以身临其境之感，近距离体验和欣赏洞窟文物。

尽管当时反对的声音很大，但樊锦诗这个严厉、一丝不苟的老太太，做事只有一个标准：只要对保护莫高窟有好处，克服万难也要上！

2006年，敦煌研究院成立了数字研究中心，吴健和80多位同事用了整整7年时间，才终于完成了27个洞窟的数字化。也许我们很难想象，这项工程是由他们拍摄的10万张单张照片一张张手动调试后，一张张拼接而成的。

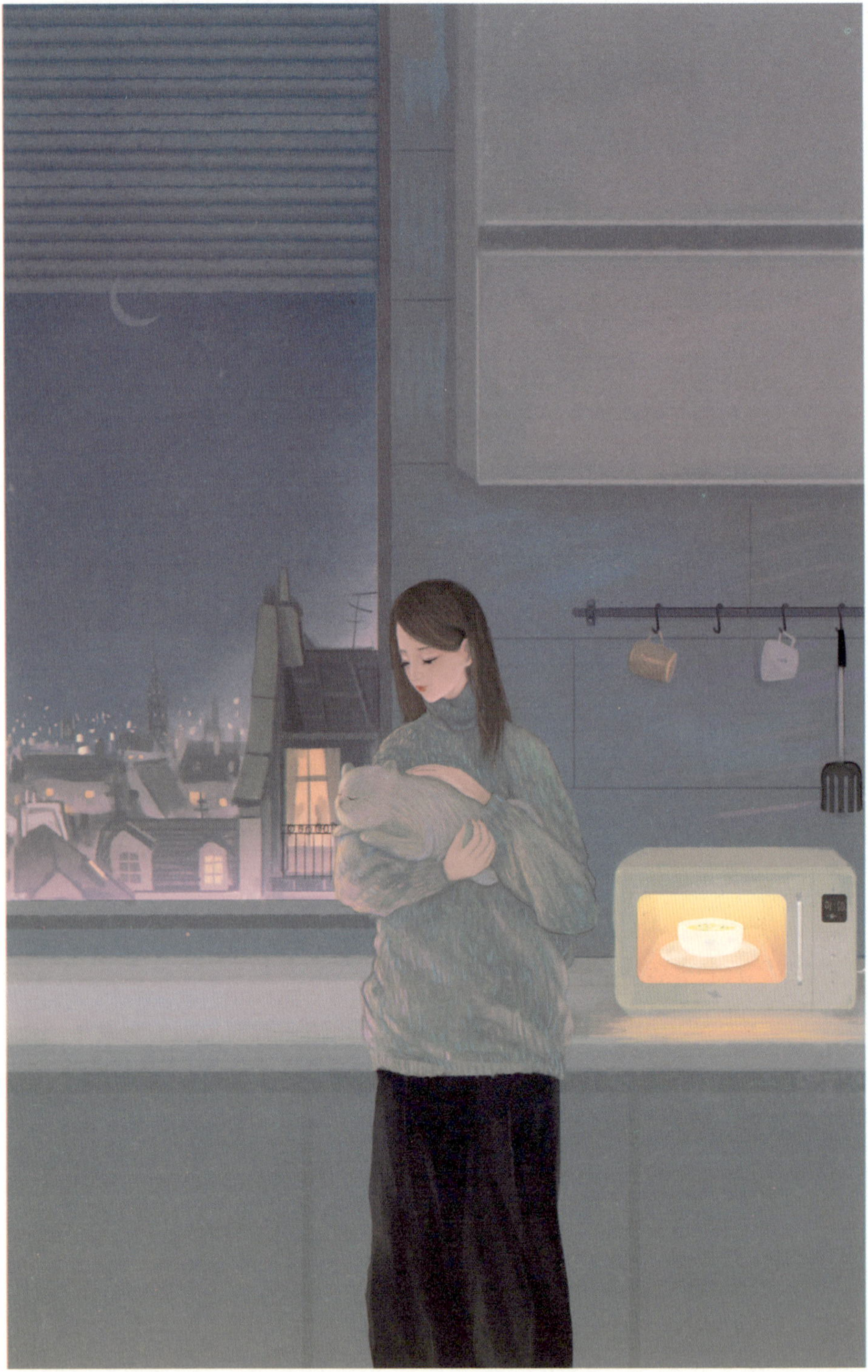

2015年7月,数百人的团队用4年时间成功创作出20分钟的球幕影片《梦幻佛宫》。500平方米的超大球幕使观众恍若置身于一个个异彩纷呈、如梦如幻的洞窟之中。莫高窟不同历史时期最具艺术价值的壁画、石窟,如梦如幻地围绕着观众,两个平行的千年时空,在这里,竟变得触手可及。

2015年8月,外观造型飘逸灵动、与周围环境浑然一体的莫高窟数字展示中心正式投入运营,这是樊锦诗带领着莫高窟人,用12年的时间,在戈壁上创造的奇迹!

2016年4月"数字敦煌"上线,高清数字化内容向全球发布,游客在电脑前,就可以看到莫高窟清晰全景,宛若在石窟中游览一般。

在这些巨大工程一一落地的时候,樊锦诗已经快80岁了,劳累奔波半个多世纪,她为敦煌做了她所能做的一切……

我心归处是敦煌

如果说76年前,岌岌可危、濒临消失的莫高窟,是民族的阵痛、是吾国之伤心史,那今天熠熠生辉、重焕光彩的莫高窟,不仅是中华民族的骄傲,更是人类文明的骄傲。而今天所有这一切,我们不能忘记这背后的一群人——一代一代赓续相传的"敦煌守护人"。

1994年，常书鸿在弥留之际对女儿说："我死也要死在敦煌，以后把我的骨灰送回去。"

2011年，94岁的段文杰在睡梦中，终于又回到了他魂牵梦绕的敦煌……

82岁的樊锦诗仍然为敦煌奔波、忙碌！

87岁的李云鹤依然坚持在修复一线，老人家每天拎着工具箱，穿梭在20多米高的脚手架上，为千年壁画延续生命……

吴健、娄婕，他们早已青春不再，鬓角多了些许银丝，可他们依然用手中的相机、画笔，守护着敦煌！

还有一批又一批的年轻人来到敦煌、留在大漠。这些80后、90后们成了从事考古研究的学者，临摹壁画的画师、用数字化记录洞窟的"IT人"，为文物"治病"的修复师……

从新中国成立前的18人，到如今的1463人，樊锦诗曾经这样描述敦煌的守护者："没有可以永久保存的东西，莫高窟的最终结局就是不断毁损，我们这些人用毕生的生命所做的一件事，就是与毁灭抗争，让莫高窟保存得长久一些，更长久一些！"

今天，当我们站在戈壁深处，为千年光阴留下的瑰宝惊呼时，当我们站在九层楼下，听风铃作响、遥望星空时，不应该忘记他们，把敦煌当作一生归宿的"守护人"们！

【本文写于2020年，文中涉及的部分数字，以截至2020年为计。】

高考之后的远行

高考结束，他们的成人礼，是一场行程1800公里的骑行。

出发

这场骑行之旅，是山西朔城区一中高三班主任兰会云在三年前许下的两个承诺之一。高考结束，兰会云履行了第一个诺言：只要学生三年不逃课去网吧，就自费包下网吧请全班同学通宵。

"我感觉就这样毕业了，老是心里欠缺点什么，跟他们每天上课讲的没有得到生活的验证。"与学生感情很深的兰会云，想通过骑旅为孩子们补上最后一课，"我一直觉得，网络极其发达的当下，虽然可以秀才不出门，日行八万里。但对世界的认知光靠网络肯定是不够的，只有迈开腿、走出去，读书也读人，才能让终日忙着苦读的孩子们的情商得到长足的发展。"

万一路上出点事儿可怎么办？有同事认为他在拿自己的职业

生涯作赌注，有的家长出于孩子安全考虑坚决不同意，校长同样忧心忡忡："学校很包容开放，骑行能磨炼意志，挑战惰性，但不主张所有教师效仿。"

甚至，他的大学同学打趣说"新闻见"，但做足了准备工作的兰会云没有多说。"我只能拿孩子们的安全回家来回击。"

原本有超过30名男生报名参加，经过集中拉练，有的体能跟不上，留下来的，只有11名。

2019年6月12日，兰会云带着11名学生，从山西朔州出发了，他们的目的地是千里之外的上海。

一路向南，野蛮生长

没想到，骑行面临的最大挑战恰恰就在山西省，山多路陡，大车也多，"没完没了的上坡"，兰会云骑得有点绝望。而孩子们远比他想象得结实，他笑言，本来给孩子们准备了一些励志打气的话，后来竟然全用到自己身上了。

在路上，才发现有些风景是课本里见不到的。因为是地理老师，兰会云很多时候不自觉地带着学生从地理学的角度看风景。

"我们朔州地区多灌木，到了太原是温带落叶阔叶林，再往南是常绿阔叶林，一路风景变幻，移步换景。"

他们见到了枯黄的小麦和刚播种的玉米同时出现在一幅画面

里，看到了一户户炊烟袅袅的农家小院躺卧在广袤的平原上，穿过了一个个像花园一样特别漂亮的县城。农作物散发的清香，农人劳作的身影，伴着风声，在耳侧唰唰而过，出来看看，才知道祖国真是太美了。

有些经验，是在学校里学不到的。在兰会云的指导下，孩子们已经可以独立地修车、换胎，晚上休息的宾馆也都由他们自己预订。兰会云把队伍分成四组，让他们分头去找宾馆"砍价"，哪一组砍得最低，就住哪一处。在山西祁县，238元的标间，生生被他们砍到98块钱。孩子们"精打细算"，给兰会云的惊喜连连。不仅如此，每到一个地方休息补给，总有孩子默默地把垃圾收拾干净。

有些经历，是在父母的庇护下不曾亲历过的。一路风餐露宿，磕磕绊绊，淋着雨、吃泡面、打地铺，在马路牙子，在餐饮店的长凳上，也是鼾声四起，有时赶夜路，他们累得连衣服都不脱就直接躺下。本来也不必如此窘迫，临行前，有企业提出赞助，也有直播平台让他们开直播赚打赏，兰会云却全推辞了："过得太舒适，骑行变成了度假，就失去了意义。"

有些难过，骑着骑着就风轻云淡了。2019年6月24日，他们骑到安徽淮南的那天晚上，高考成绩公布了。11个学生，一个过了一本线，三个过了二本线，也有沉默不语的。第一次高考成绩同样不理想的兰会云，与这些孩子感同身受，不过他认定的是，一个人优秀与否，不能单单拿几个数字来衡量。成绩理想时，开心但不可放纵，因为接下来的人生道路还很长；成绩不理想时，请你静下心来，好好梳理自己，生命中的所有不如意都是为了你的厚积薄发做铺垫。

沿途走进不少高校，孩子们的心情也逐渐放晴，他们懂得了：永远都有更好的未来值得去奋斗，觉得辛苦，那是因为在走人生的上坡路。

有些沉重，是生命必须承受之痛。2019年6月26日，骑行第15天，抵达南京。兰会云带着学生，一大早就赶到南京大屠杀遇难同胞纪念馆，向遇难同胞默哀献花。

"尊重历史，铭记历史，然后继续努力前行。"这次参观，是孩子们"成人礼"必不可少的环节。兰会云也觉得，中国所有年轻人都不应该缺少这一课。

有些感动，不经意间就温暖了时光。努力做一个温暖善良的人——这是兰会云班上的班训。

"坐公交车的时候，看到建筑工人，要欣赏他们的力量之美、劳动之美，感受到美的震撼。哪怕蜗居陋室，也能仰观漫天繁星，感受苍穹之美。"兰会云曾这么告诫学生。

一路他们播撒美好与感念，也在收获善意。回想刚出发第一天就遇上倾盆大雨，正在一筹莫展之际，一位护林的老大爷连人带车把他们请进了小屋避雨。骑行第二天，路上一位交警把他们拦了下来，兰会云还以为犯了什么错，没想到是交警请他们到岗亭里歇脚喝水。被砍到98元一晚的标间，还带早餐，他更愿意相信是老板特意照顾孩子们,因为得知他们早上7点出发,早餐比平常提前一个小时做了出来。

有些远行,注定充盈一个人的一生。在距离上海不到100公里的太湖边上,兰会云却停了下来。他写了一篇文章分享远行的意义:离开舒适区,站在世界的边缘,遇见未知的自己。

永远在路上

2019年6月28日,骑行第17日。穿越5个省份,每日骑行100多公里,兰会云和自己的11名学生最终抵达上海。这场骑行之于他们,到底意味着什么?兰会云说:"在这样开放多元的时代,我在骑行路上做着自己的地理实践教育,我甘之如饴,我踏实无比,我寂静欢喜。"

少年们伴着悦动的心跳,写下一往无前的青春:"骑行的意义在于飞速旋转的车轮,在于一路上的鲜花美景,落日长河;在于一路上好友相伴,诗酒年华,纵情放歌;在于一路上波澜坎坷,跌跌撞撞;在于一路上风餐露宿,以水为酒,肆意挥洒……"

学生柳浩田自恃有骑行经验,起初车轮蹬得飞快,把队伍甩在身后,甚至撒把,炫车技。兰会云严厉地批评他:"撒把虽然很酷,可万一摔伤了,整个队伍都要被拖累。"

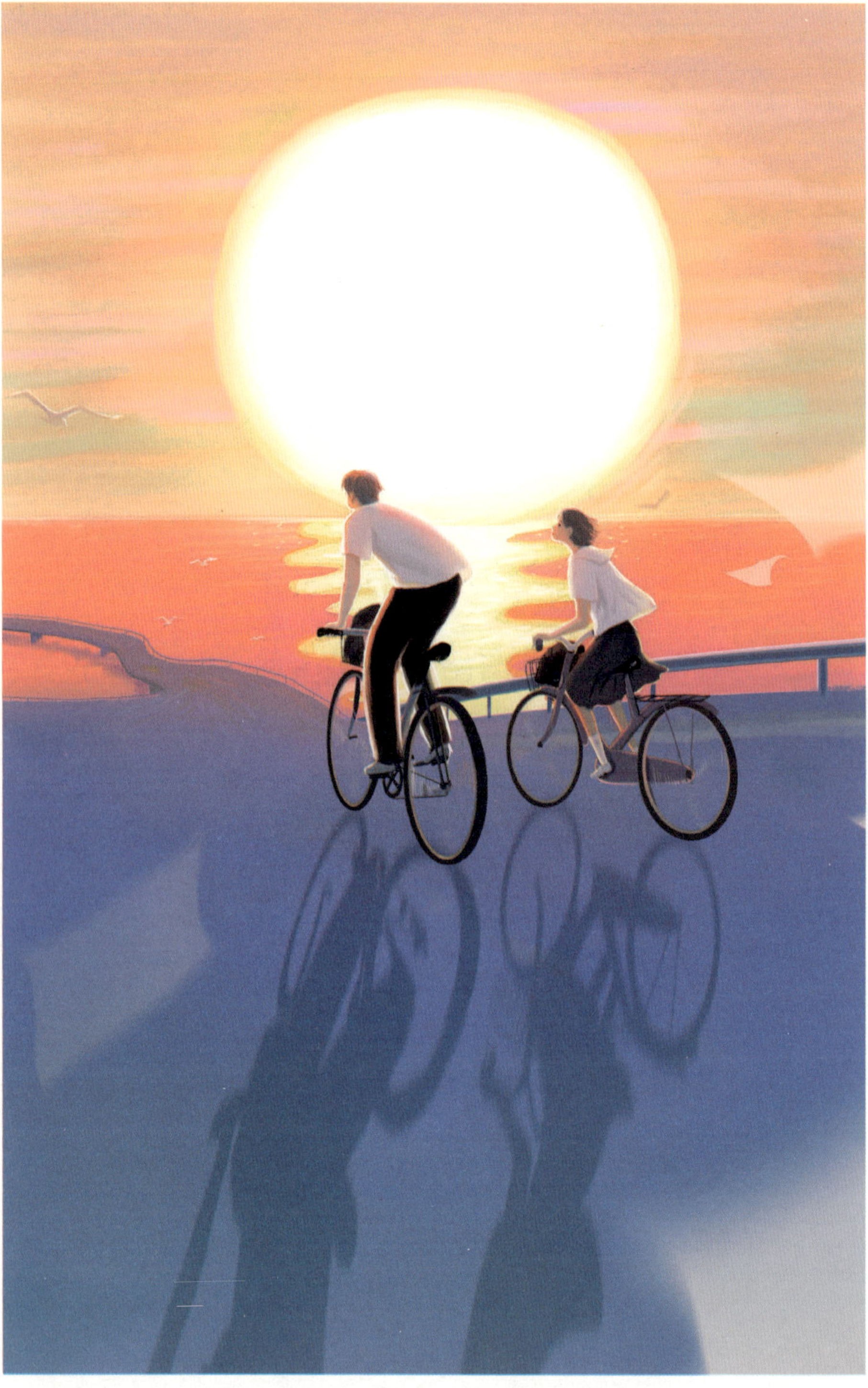

到达上海时，男孩终于理解了老师的批评。"一个人可以骑得很快，但一群人才可以骑得很远啊。"他写下了这样的感想。

"车轮滚滚，亦如时光。山水一程，三生有幸。"在六月的最后一天，他们返回山西。兰会云表示，三年后还会继续这样骑行，践行自己崇尚的教育理念：教育的本质意味着，一棵树摇动另一棵树，一朵云推动另一朵云，一个灵魂唤醒另一个灵魂。

如果给你一次机会，你会出发吗？

记住，不要走最好走的路，踏上那条能帮助你成为更好的自己的路。

本文参考资料：
央视《新闻周刊》、兰会云老师微博@小兰老师_维涵、《扬子晚报·紫牛新闻》等。

别给人生留遗憾

毕淑敏

每个人的生命都是一张单程车票，自出生那天起，就像箭一样射向远方。能够把持在手里的，就是此时此刻。别在最该奋斗的日子，留下遗憾！

关于遗憾，我查过字典，字典里有各式各样的解释。我最喜欢的一个解释就是：我们能够去满足的心愿，却没有去完成，我们深感惋惜。

我年轻的时候，真的有一件万分遗憾的事情。

当年，我们要去野营拉练，时间正好是寒冬腊月。我们要背着行李包，要背着红十字箱，要背上手枪，要背上手榴弹，还有几天的干粮，一共是60斤重。高原之上，寒冬腊月，滴水成冰，当时的温度大概是零下40摄氏度。

有一天凌晨3点钟，起床号就吹起了，上级要求我们今天要翻越无人区。无人区一共有120里的路，中间不可以有任何的停留，要一鼓作气地走过去。因为那里条件特别恶劣，而且没有水，走啊走啊，在下午两三点的时候，我觉得十字背包的包带已经全部嵌到我的锁骨里面去了，勒得一句话都说不出来。喉头发咸发苦，我想我要吐一口的话，肯定是血。

我在想，这样的苦难何时才能结束呢？我在想，为什么我所有的神经末梢，都用来忍受这种非人的痛苦？当时我就做了一个决定：我今天一定要自杀，我不活了，这样的苦难我已经无法忍受。

做了这样的决定以后，我就开始寻找合适的机会。找啊找啊，终于找到了一个特别适合的地方。那地方往上看是峭壁高耸，往下看则是深不见底的悬崖。我想，我只要一松手掉下去，一定会死。但是在最后一刹那，我突然发现我后面的那个战友，他离得我太近了，我如果掉下去的话，我一定会把他也带下去的。我已经决定要死了，可是我不应该拖累了别人。

队伍在行进中，这样的机会是稍纵即逝的，之后地势又变得比较平坦，我再想找这么一个自杀的地方，就不容易了。这样走着走着，天就黑了，我们也走到了目的地。

120里路就这样走过去了，背上那60斤的负重一两都不少地，被我背到了目的地。当时我站在雪原之上，把自己的全身都摸了一遍——每一个指关节，自己的膝盖，包括我的双脚，我确信在经历了这样的苦难之后，我的身体上连一根头发都没有少。

那一天给了我一个特别深刻的教育：当我们常常以为自己顶不住了的时候，其实这并不是最后的时刻，而是我们的精神崩溃了；只要你坚持精神的重振，坚持精神的出发，即使是万劫不复的时刻，也可以挺过去。

在我们的生活当中，会有各式各样的苦难，有时候一些家长会问我：您能告诉我一个方法，让我的孩子少受苦难吗？我说，我能告诉你的唯一可以确定的事情是，你的孩子必然会遭受苦难。

年轻的时候，我们的神经是那么敏感，我们的记忆是那么清晰，我们的感情是那么充沛，我们的每一道伤口都会流出热血。所以尽管有很多人告诉你们，年轻是一个人最美好的时代，我也想告诉你，年轻也是我们最痛苦的时候，我们会留下很多很多的遗憾，而最大的遗憾，就是断然结束自己的生命。我想这是对生命的大不敬。

而且以我个人的经历来讲，那一天我没有结束自己的生命，我坚持下来了，我才发现，原来最不可战胜的，并不是我们的遭遇，而是我们内心的脆弱。

日本有一位医生，他的工作是去照顾那些临终的病人。他和大约1000名临终病人交谈过，后来他总结出了25条人生的遗憾，其中包括：没有吃到美食，没有回过自己的故乡，自己的孩子没有结婚，等等。我和这位医生也深有同感，因为我曾经去过临终关怀医院，也陪伴过那些临终的人，跟他们有过很多倾心的交谈。

我曾经到过一间病房，那里面住着一位80岁的老人，连他的儿女们都不再陪伴在他的身边了。他的儿女们都在外面说，他们不忍心看到那最后一刻。我说我愿意进去陪伴他。

我走进那个房间，深深地吸了一口气，我觉得在那些空气里，有很多临终病人最后吐出的气息。我躺在那位老人的身边，摸着他的手，那老人轻轻地跟我说了一句话："我觉得我这一辈子，怎么好像没活过啊。"

我讲这个故事是想说，我们每一个人的生命，都是一张单程车票，我们每一个人都没有拿到回来的那张票，所以生命从我们出生那天开始，它就像箭一样射向远方，我们能够把握在自己手里的，就是此时此刻这无比宝贵的生命。

一个年轻的朋友给我写了一封邮件，他说我读过你的好多作品，给我印象最深的是这样一句话：我们都要思考死亡，一个人20岁的时候就想这件事情，和40岁的时候才想，是不一样的，等到了60岁那真的是你不想也得想，因为死亡就在不远处等着我们了。

我们能有如此宝贵的生命，我们能够掌握当下，那我们就不要给人生留下遗憾，因为人生不像我们想的那样漫长。

很多人说我确实有很多想法，可是我现在没有力量，只能把它存在那里，以后再去实现它。但我想说的是，如果你有一个理想，请立即用全副身心去实践它。把理想搁在那里，就如同把它当作一张画贴在墙上，常常去看，却没有行动，那么你的理想终有一天会变成画室，它看起来还在，但是再也没有青春的生命了，它再也不能够抽枝发芽、长成参天的大树了。

我一直有一个愿望，去非洲。如果我不抓紧去实现它的话，我会越来越老，身体也会慢慢出现更多的问题：眼睛不再那样明亮,看不了非洲的动物;也许我的思维也不再敏捷,对于那样灿烂的文化和悠远的历史,我理解起来、记忆起来,可能就会有困难;我还要翻山越岭,万一自己跑不动,被狮子追上了,是不是也有点危险……

我是学医的,对人我是特别有兴趣。我知道我们的心脏是什么样的,肝脏是什么样的……知道这些,人体在我眼中就不那么神秘了。但是在人体之内,除了这些结构,还居住着我们的精神、我们的灵魂。人的心理结构又是怎样的呢?我特别渴望去了解,这也是我的一个愿望,所以在我45岁的时候,我去了北京师范大学心理学院去学习心理学。

所以如果你也有愿望,如果你真的还有力量去实现它,我觉得一定要即刻就出发,去完成自己的愿望,让自己的人生少一些遗憾。人生是一个漫长的过程,完全不留遗憾,我觉得做不到。只是我们永远不要去做那些违背了美德的事情,那些违背了我们所挚爱的价值观的事情。

让我们的内心充满更多的光明和力量,让我们在能够满足自己理想的时候,努力去做,让我们的人生少留遗憾。人生是一个漫长的过程,年轻是多么的好,但是请你们记得,有很多的东西,当你不懂的时候,你还年轻;当你懂得了以后,你已年老。

请不要让我们的理想变成化石,让我们现在就行动起来,去实践我们的理想,让我们的人生少留遗憾!

生当似鹏起,终当如鲸落

一鲸现,穹宇惊。
一鲸鸣,沧海静。
一鲸落,万物生。
"鲸落"(Whale Fall)——你可曾听过这个词?

归于深渊

美国"深层生态桂冠诗人"加里·斯奈德在其著作《禅定荒野》中写过一句话,经由中文翻译过来,触动人心:鲸落海底,哺暗界众生十五年。

"鲸落",从字面含义来看,它描述的是逝去的鲸缓缓沉入海底、不断被分解消耗的过程。在研究中,鲸的尸体、坠落的过程以及形成的海洋生态系统等,被生物学界统称为"鲸落"。此处的"落"不仅仅是动词,也是名词,如村落般繁衍栖息之处。

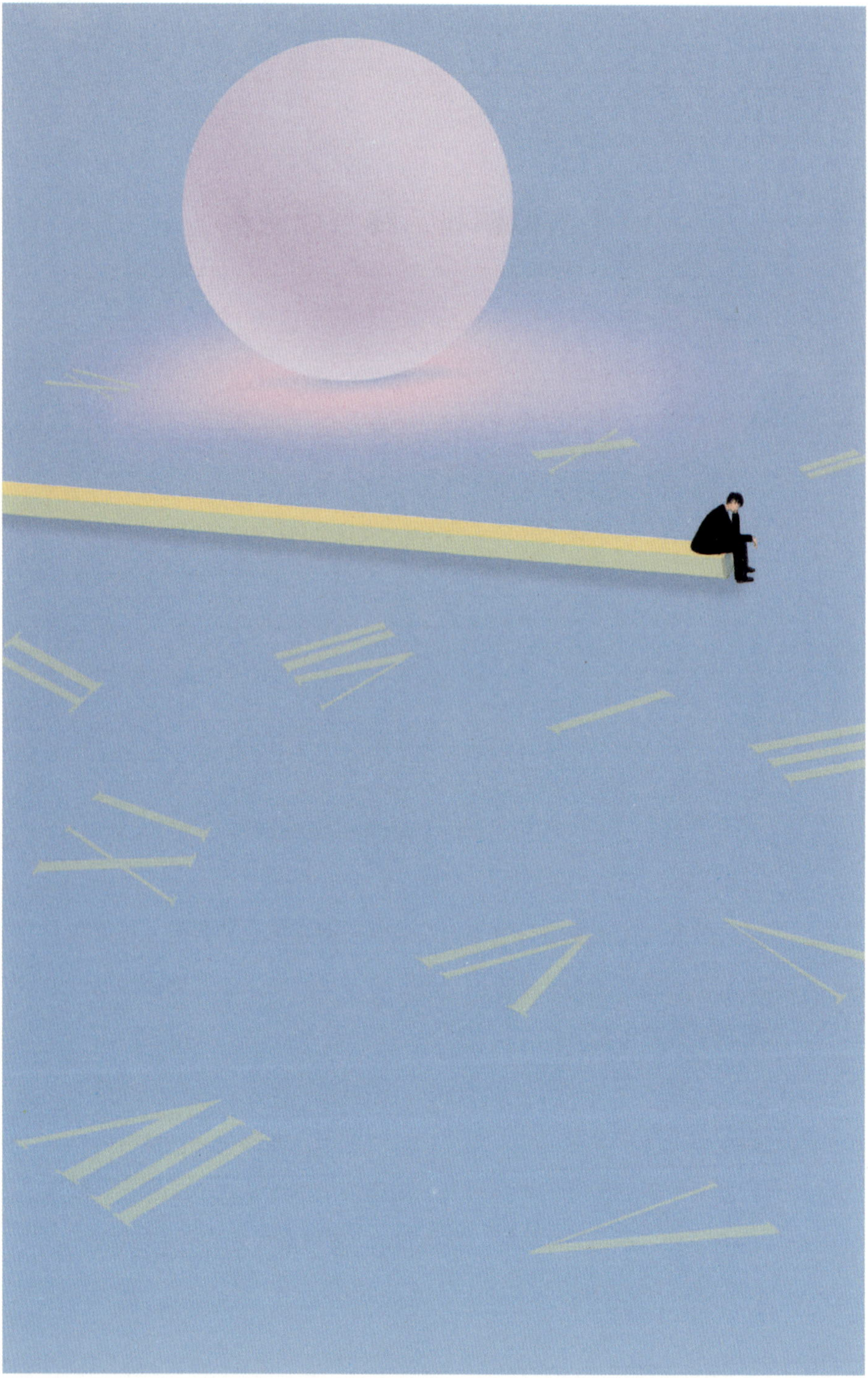

世上有没有一种死法，如此盛大？

活着，它以"地球上最大的哺乳动物"吞吐浮游，为渺小所敬畏。逝去，它仍经得起我们最深远的敬仰。

研究人员说，一条40吨的鲸沉降到海床，约相当于同等面积至少2000年间自然沉降的有机质。鲸落，与热液、冷泉一同被称为是深海生命的"绿洲"。

世上有没有一种死法，如此温柔？

据说，鲸是可以预知自己死亡的。预感生命将尽时，它便孤独离去，下沉、下沉、下沉……而后，安静如水，来者不拒，任由自身被汲取享用。

生于海、逝于海，接着，归于海，反哺海。这一切，在深海之境悄然上演。

世上有没有一种死法，如此慷慨？

它的死，竟不是生的终结，而是喧闹的开始。当一条鲸死去，它生命消亡的瞬间，其实正预示着无数生命的开始。在北太平洋深海中，鲸落维持了至少43个种类12490个生物体的生存。

它归于深渊，却让其他的生命走得更远。

万物生长

这样的生命奇迹，初闻"鲸"奇，亲眼所见更是"鲸"喜。

2020年4月初,中国科学家们科考时,于南海1600米深处,发现了一个约3米长的鲸落。这是我国科学家第一次发现该类型的生态系统。这是一只形成不久的鲸落。鼬䲁鱼正在撕扯尾部的肌肉,螃蟹等"清道夫"自四面八方赶来分享盛筵。

科学家分析,这个鲸落很有可能是齿鲸类的鸟嘴鲸,鲸尾上尚有组织残余,估计死亡时间不算长,因而具有长期观测价值。

生前,我们不得而知,而南海这一鲸落的"从今往后",我们有幸见证。

"悲寂潇潇下,繁荣此中开。"它的存在,演示了一个生态群落的更替,整个过程可分为四个阶段:

第一:移动清道夫阶段

鲸沉入海底时,最初尸体上的大量蛋白质和有机物会吸引鲨鱼、盲鳗、甲壳类生物前来,它们以鲸落中的柔软组织为食,如果鲸的体型足够庞大,鲸落上的蛋白质可供这些生物食用4—24个月之久。

第二:机会主义者阶段

接下来,一些多毛类和甲壳类无脊椎动物登场,这些"机会主义者"能够在短期内适应所处环境而快速繁殖。它们一边从鲸落中获取食物,一边又将其作为居住场所繁衍生息。

第三：化能自养阶段

当它只剩骨架的时候，一切才刚刚开始。大量微生物进入鲸骨深处，分解其中的脂类，使用溶解在海水中的硫酸盐作为氧化剂，产生硫化氢，成千上万的化能自养生物由此获得能量。

第四：礁岩阶段

最后，当有机物质被消耗殆尽，鲸骨的矿物遗骸又会以礁岩形式成为生物们的聚居地，比如，充满生机的珊瑚礁。鲸，即使零落成泥，也会养护一方生命。

整个过程，严丝合缝、环环相扣，长达数十年甚至上百年。参与科考的学者说："鲸落从形成到最后完全分解，这期间不光可以改变鲸落所在地的环境和生物种群分布，甚至可以影响到新物种的演化。"

一头鲸的死亡，造就了一个深海生态系统——这样的说法并不夸张。

一鲸落，万物生，对于漆黑的深海而言，绝处逢生，这无疑是一份极其贵重的礼物。

是不是所有鲸死亡都会形成鲸落？答案是否定的，并不是所有的海洋环境都利于自然鲸落形成。迄今为止，人类所发现的现代自然鲸落数量不超过50个。偶然性，令这样的遇见与馈赠尤为罕见与珍贵。

生当似鹏起,终当如鲸落

如果上一秒,你还在为鲸落动容,这一秒,就可以开始唏嘘了——

在鲸落之前,鲸已死于人类的无动于衷和残忍不仁。防不胜防,它们还在被一头,一头,接一头地捕杀着。避无可避,受到声呐干扰而搁浅的鲸,也在一头,一头,接一头地增多。

随着人类活动影响及全球气候变化,目前鲸类数目急剧减少,鲸落变得更为稀少。深海生物对于环境变化的抵抗能力较浅海和近海更低,一旦潜在的海洋生态系统平衡被打破,带来的危害不容小觑。

一头鲸,一生游弋不息,只落一次地,就是在它死去之时。

生当似鹏起,终当如鲸落。

一头鲸,比人类更懂得何为壮丽的陨落。我们的"生死观"该为它所洗尽铅华。

愿"鲸落"这个词语,之于你我,不仅只是一个遥远而悲壮的存在,鲸落,是诗意,是启示,是向往,还是守护蔚蓝的出发点与日常。

本文参考资料:

国家海洋博物馆;人民日报《一鲸落而万物生》作者:刘诗瑶;科技日报《一头鲸的死亡造就了一个深海生态系统》。

特此感谢国家海洋博物馆研究人员审校。

这世上的热闹，出自孤单

世界上的天才有很多种，有人年少成名，风光无量，在世时就备受认可与追捧；也有人一生寂寂，乏人赏识，受尽苦难的摧磨，抱憾而终。而我们的主人公凡·高，是后一种。

很多人在提到他时，都会调侃他的一生是"被嫌弃的凡·高的一生"。短暂的37年生命里，遭遇了事业惨淡，朋友寥落，感情受挫。27岁转行学画画后，愈加穷困，不得不靠着弟弟的接济度日；才华被轻视，难得遇上知己高更，最后也分道扬镳形同陌路……

不幸是沉重的，凡·高却一一纳下研作颜料，去绘就生命中明亮、热烈、绚烂的部分。

"把颜料泼上去！"

四季中，凡·高尤爱春天。那些从土地里迸发出的葱茏，某种程度上，是他精神世界的隐喻。

"饱含着某种激情的粉色桃树""14朵的向日葵""大束蓝

紫色鸢尾花""天空下的一切都是精妙的蓝色、白色、粉色和蓝紫色"……春天于他,是忧虑心灵的一种解放。

可光画出形状和调子,他还嫌不够。要赋予笔下一种"力"!静态沉寂的生命没有意思,要动、要挣脱,要打破,要像阳光一样迸出骇人的能量。他说:"当我画一个太阳,我希望人们感觉它在以惊人的速度旋转,正在发出骇人的光热巨浪。当我画一片麦田,我希望人们感觉到麦子正朝着它们最后的成熟和绽放努力。当我画一棵苹果树,我希望人们能感觉到苹果里面的果汁正把果皮撑开,果核中的种子正在为结出果实奋进。"

去画生活本身,哪怕粗糙

凡·高画乡下的风物,也画生活在底层的人。一个捡柴的小女人,一个翻地的农民,一个年迈的邮差,在他眼里都含有"某种海一样的崇高伟大"。

孤苦的处境,让他能更好地共情小人物的辛酸,进而对他们投以真诚的尊重。在创作《吃土豆的人》时,他说:"这些在灯光下吃土豆的人,是用伸进盘子里的同一双手去锄地的。他们靠体力劳动诚实地挣到属于自己的食物。我不急于要每个人都喜欢这幅画,或者马上称赞。我要表达一种与有文明教养的人完全不同的谋生方法。"

纵观凡·高一生的创作，他不擅长画迎合风尚的题材，也不想以数学的准确性去画出一个栩栩如生的模特，尽管这样更能满足收藏者的心意。他所要努力描绘的，简单地说，是生活本身。"我不想画原则上是坏的、不真实的与虚假的、构想的事物。我要使人们看了我的作品后说：'他是深深地感受的，他是亲切地感受的——尽管它粗糙'。"

伟大不是偶然的东西

坚持自我的艺术探索是孤独寂寥的，也注定要承受现实的捶打。常年无人登门索画，凡·高不愿为了改变处境谄媚取悦："对我来说，向别人恳求（买我的画），是莫大的痛苦。找别人谈我的作品，只是使我受罪。这样干的结果是什么呢？赏以闭门羹，或者被人轰开。"

他相信只要忘我地画下去，总有一天能候来转机："我疯狂地工作，但是目前还没有什么令人满意的成果。我希望这些荆棘最终可以开出白色的花，那样的话，这些痛苦的挣扎就像是分娩中的阵痛，痛苦之后会有欢乐的结果。"

"我相信，出头的日子总会到来，即使到处碰壁，也不要灰心丧气；即使有时候感到好像要垮台，虽然事与愿违，也必须重新鼓起勇气来，因为伟大的事业不是凭一下子的冲击而成功，而

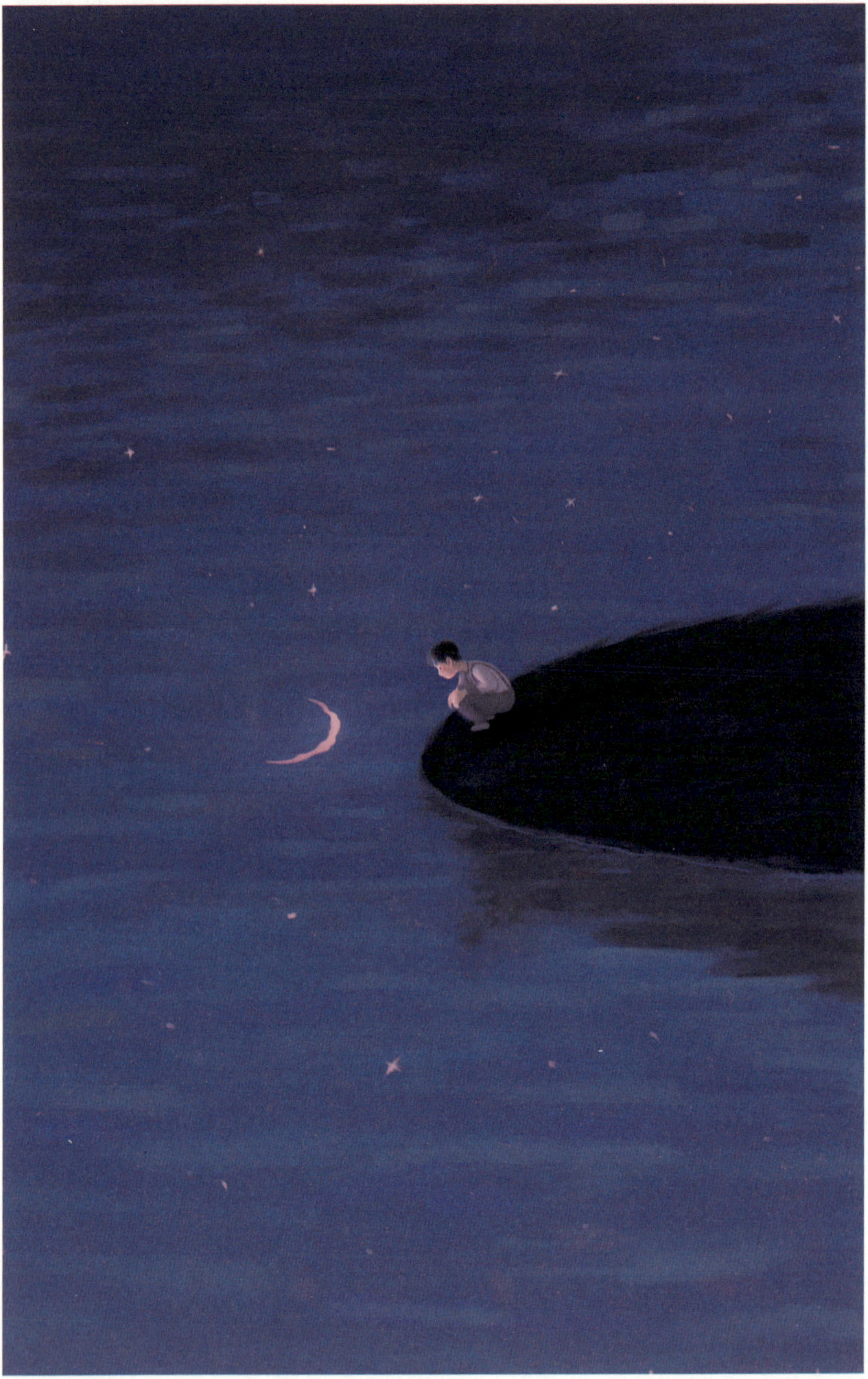

是由一系列的小事积聚起来的。伟大的事业不是偶然的东西，而必定是下决心努力的结果。"

一个有困难的，努力工作的人

我们喜欢凡·高，爱的不仅是他的画，也爱他对人的诚挚、浓烈、不假以机心。他的爱情故事，结局悲伤，却掏空了自己能给的所有："只要我还有一片面包皮与一块藏身的地方，就要与你一起享受。这不是出于一时的感情冲动，而是把彼此的需要看成是头等重要的事。"

他向往友谊，一生怀着孩童似的渴望结交伙伴的心："我要寻找与保持真正的友谊，因此要我遵循一般俗套的友谊是困难的。哪里存在着俗套，哪里便存在着互相不信任，互相不信任就会引起各种纠葛，悲剧就会产生。"

可惜友谊，有时不是双向给予的。面对朋友的冷淡，甚至通过"戏仿他落魄的样貌"大肆嘲讽，凡·高深深被刺痛了。"很难受，心好像要破碎了。"他对朋友说，"我亲爱的朋友，如果你曾经在伦敦街上被雨淋过几夜，或者在波里纳冻过几夜，经历过饥饿、绝望、身体发烧，你的脸上或许也会有丑陋的线条，你也会变成一个破嗓子。……我是什么样的人呢？我不是别的，只是一个有困难的、努力工作的人。"

微不足道的心声

不是别的，只是一个有困难、努力工作的人。是这样的凡·高，把美好展示给别人看，唯独把悲伤留给了自己。

凡·高曾说过这样一段独白，如果你也曾在独闯人生的旅途中，感到难过、无助和不被理解，你会读懂这段话，并从中得到追求梦想不折不挠的勇气："我在多数人眼中究竟是什么？一个无足轻重的人，一个行为古怪的人，一个令人生厌的人，一个现在没有社会地位并且将来永远不会有的人，一句话，万千俗人中最俗的一个。好极了，即使这些都没错，但有朝一日我也要以我的作品来表明，我这个微不足道的无名小卒的心声。"

别轻蔑少年时感动过的东西

梁羽生曾称他为"怪侠",黄霑给他题词:"你是个妙人,你是个少年狂",还有不少人给他冠以"世界上最好玩的老头"之名。关于他的传闻与生平,那真是一个版本接一个版本。他,就是不容被轻易定义的黄永玉。

14岁,黄永玉开始发表作品;23岁,成为中华全国木刻协会理事;28岁,成为中央美术学院教授;32岁,黄永玉创作出中国版画经典之作《阿诗玛》;54岁,英国《泰晤士报》用6个版面对其人其画作专题报道;56岁,黄永玉创作了中国生肖邮票开山之作——庚申年猴票。70岁,他到意大利游学写生;83岁,他竟登上时尚杂志封面。3次获意大利政府官方授勋,99岁时,他还计划创作100张新画,筹办百岁画展。

总有人说,听过很多道理,依然过不好这一生,你不妨听他言说几句,真的神清气爽许多。

他的笔,落在你心上

虚岁99岁时,黄永玉还在醉心文学创作。他说,我的半辈子是一刀一刀地铲,一笔一笔在画,后来,一个字一个字在写。这一辈子就是这样。

你此前看到的不少很受触动的文字,其实都是出自黄老之手:

认认真真地做一种事业,然后凭自己的兴趣读世上一切有趣的书。

任何一种环境或一个人,初次见面就预感到离别的隐痛时,你必定爱上他了。

我既不悲观也不乐观,在这个世界上活下去就是了。要对得起每一顿饭,更何况这是一个这么有意思的世界。

明确地爱,直接地厌恶,真诚地喜欢,站在太阳下的坦荡,大声无愧地称赞自己。

别轻蔑少年时期感动过的东西。

不欣赏自己摔倒的地方

别人祈愿"出走半生,归来仍是少年",黄永玉是出走百年,归来仍是老小孩。

他贪玩,敢作敢为,自由自在,心总比烦恼大,总比苦难大,他的表叔沈从文评他是"永远的天真"。

许是人间在他就是一个逛不完的游乐园,周围物什令人眼花缭乱,前路光景芬芳诱人,摔倒了还哪有时间抱怨哭泣。所以,当黄永玉被问到如何保持永远的天真,他说:"不欣赏自己摔倒的地方。不要哀叹这个坑。有的人是一辈子记得那个坑,不走了,在咒骂那个坑。我是摔一跤,赶快爬起来往前走。"

要从容

他,自小性子烈,颇有江湖气,不跟"害自己的人"来往,年过九旬还喊着害我"我就揍他"。可烈马是被居忧患而不泯的平静与温柔驯服的。黄永玉常提及的一个回忆是,人人缄默自保之时,他与沈从文恰好在胡同里碰到,也不敢打招呼,本来要像陌生人一样擦肩而过时,沈从文突然开了口,在这短短几秒钟,留下一句:"要从容。"

"要从容。"黄永玉反复地说,"这三个字,不简单。"

有饭大家吃,不要紧

有一次,逛到卖自己假画的小店,店老板没认出黄永玉,反而要他买。旁人忍不住了,说"这就是黄永玉"。那个老板顿时吓到了,可黄永玉拍拍这个老板的肩,悠悠地说:"有饭大家吃,不要紧。"

为什么说"不要紧",黄永玉解释道:"因为你做我的画,你肯定想方设法要像我。但我随便地飘两笔,那是我的,你不能随便,你要认真地学我的'随便',那可不容易。第二点呢,这个画卖着便宜,让大家都有我的画,多好嘞。买画的人,有朝一日,有一点钱,买张真的,暂时没有,弄张我的假画挂挂,不也很好吗。"

之于一个人,诚实才是最简单的

要有"站在太阳下的坦荡",要敢"大声无愧地称赞自己",因为不容易做到,我们才挂在嘴边,对黄永玉而言,坦诚,才是最不费力的。他说:"要说谎,费的力气可大了,你看别人在说谎,看他就觉得好笑。掩盖,要用很多方法来掩盖,掩盖费的力气比诚实多多了。什么事情都是这样,诚实是简单的,掩盖要费很大的力气。所以我一辈子就是这样,不行就不行,行就行,很简单的事。"

光要忍不行,还要有作为

没有安慰你"只要问心无愧",黄永玉的规劝,是化悲愤为能量,把你的进击藏在"让自己变得更强大"的行动里:"要忍不行，还要有作为。跑万米的人，有一个目标，别人说这个人这样那样，甚至连样子他都要评论，别理他，继续跑。人有很多时间浪费在忍不住要跟别人争论，你想一想，犯得着吗？花时间去吵去闹，把这个时间来看书多好啊！"

多读书

黄永玉曾说："我这个老头子，一辈子过得不那么难过的秘密就是，凭自己的兴趣读书。"

他认为多看书才有知识，书同手机不一样，手机是它帮你想，书是从它那里得到知识，有基础。

"多看书，才真是厉害！"

这样的生死观有点酷

黄永玉写道，人死如远游，他归来在活人心上。他一点也不避讳生死话题："我是一点也不畏惧，而且我不希望留下什么，骨灰，进祠堂啊，不需要，所以我开玩笑说，等我死了之后先胳肢我一下，看我笑不笑。"

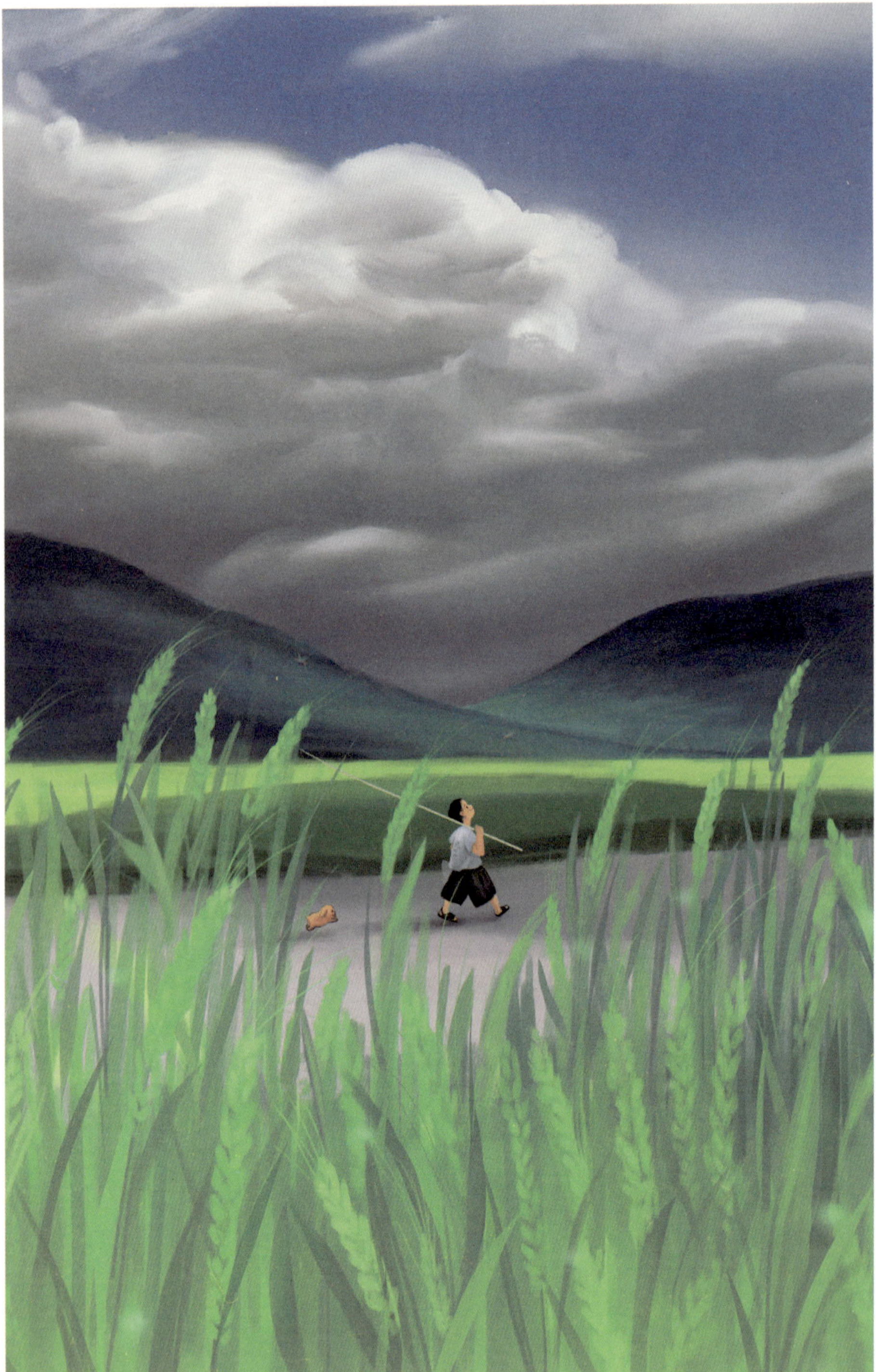

愿每个人都有美好的今夜

　　黄永玉还创作了一幅画,名叫《今夜》,希望所有人都能过上如此甜美,如此宁馨的"今夜"。他说,愿上天给人间每个人都有美好的今夜,天天如此,月月如此,年年如此,十年如此,百年如此,告诉子孙们,人应该拥有如今夜之权利,过宁馨如今夜之日子。

年龄的刻度仅仅是光阴的标记

有一次，网友"要加油啊"留言说，自己刚刚25岁，怎么就感觉老了呢？

"我一直都在想，为什么我25了，什么都没实现，就已经感觉到我老了？我的生活充满无限的迷茫，没有什么爱好，没有特别中意的人和事。别人的人生或跌宕起伏，或平淡安宁，无论怎样，大家都知道自己想做什么，该做什么，唯独我依旧在迷茫的路上徘徊不前，不明白人生的意义。如果可以的话，能不能帮我解答一下，二十五六岁这青黄不接的年纪，自己的路该怎么走，人生又当如何？"

是啊，二十出头时，我们都活在当下，觉得未来还很远。谁也想不到，几个季节更替，自己会在25岁后的某一天突然觉察到，一丝紧迫和焦虑正埋伏身边：生活变了。

你的25岁是怎样的呢？

25岁，我少了一些不负责任的"少年气"

讲述者 | @晨晨

说实话，25岁最大的变化，并不是身体上的，而是心态上的。在二十几岁的下半场，对未来的人生，我第一次那么强烈地感受到，不能再随波逐流放任自己了，第一次意识到选择的重要，选择一个方向"专攻"的重要性。

如果说25岁之前，我一直都在寻找那个方向，寻找自己到底喜欢什么，所以在不断"无所收敛"地尝试、"扩张"——那到25岁，就是我给自己的deadline（截止日期）。

25岁之后，有所取舍，学习自律，懂得拒绝一些的同时，要更用力去争取和靠近自己真正喜欢的人事物。

25岁，我对爱情有了新的理解

讲述者｜@我不是勇士

25岁之前，我认为相爱可以冲破一切阻碍，所以就算前路满是荆棘，我也会与那个爱的人一起踏平前路走下去。

但25岁之后，我会更加理性地考虑对方的性格、工作、家庭等方面合不合适，也开始懂得如何及时止损一段没有结果的感情，来避免自己可能会受伤的结果。我不得不承认，到了一定阶段，曾引以为傲的自愈能力没有以前好了，相比一次轰轰烈烈却遍体鳞伤的爱，我更想给自己收集足够多的安全感。

25岁，我独自扛起了一些风雨

讲述者 | @小雨

　　成长是一瞬间的事，有点苦涩，却又不得不经历。毕业后，似乎一下子洗净了身上的稚气，找住所、布置小窝、适应工作……也积累了不少生活里的小技能，比如怎么根据图纸安装小沙发，如何处理堵塞的马桶，怎么把米饭煮得松软不夹生。

　　这些以前和爸妈一起住不会在意的小事，当自己独自生活时，被一点一点记到"备忘录"里，提醒着我，往后的日子，要独自扛起来，要学会用无常扔来的砖瓦，建造一座能遮风避雨的城堡。

25岁，我决定再战一次——考研

讲述者 | @了不起的阿奇

　　工作两年后，我发现自己不再有奋斗的激情，对前方可见的安排失去了拥抱的热情，日子正式陷入一种老套的循环。冷静分析后，我决定重新考研，回到校园读书。对于没有强大后盾支持的我来说，这无疑是一次冒险。

　　但也有可能明年的开学季，我就可以回敬给所有的质疑一份惊喜。

25岁，我和父母和解了

讲述者 | @跳出水的鱼

　　25岁的我最大的感悟就是，父母真的是会老的。虽然在外工作的日子，我总是忽略他们会老去的事实，但不是不想不看这件事就不会发生。

　　去年爸爸因为胆结石严重进了医院，考虑我一个人在外辛苦一直瞒着。等我知晓时，爸爸已经做完手术，和妈妈拍了一张微笑的合影，说："手术非常顺利，休养几日即可出院。勿念。"

　　此前，因和父母意见分歧发生了不少争吵。但现在，我要做出一些改变，我不想再把父母放在对立面了。我也很少在朋友圈屏蔽爸妈了，我分享的各种生活，哪怕依旧无法给他们提供满意答案，也希望可以让他们知道我正在做的事，与喜欢的东西。我想，这也是一种默默分享着自己人生节点的方式。

25岁，忙起来，才没有时间焦虑

讲述者 | @Iris

　　25岁这一年，入职，离职，再入职，目前工作还算顺利；身体又检查出一些小毛病；和相识10年的闺密拍了艺术照；零基础地第一次尝试画一幅油画送给自己；每月坚持最少跑步15次；报了游泳课，又多了一个运动项目，天气热到爆炸的时候泡在水里特别爽；自考本科还有几门课程没过，十月份的考试即将开始，希望这次能考过；给家里老宅的装修计划，带父母看海的计划，逐渐提上日程。

其实也还好，给自己找多点事情做，我们要考虑的是如何才能不断学习，不断有勇气重新再来，才能小步快跑地跟上这个飞速发展的时代。只有我们稳定地前进着，那么无论风往哪个方向吹，我们都能够在风中迎风奔跑。

写在最后

回到文章开头网友"要加油啊"抛出的疑问，也许我们不能给出定制款的答案，因为有些迷茫需要时间、阅历、行动去慢慢化解。也许你的二十几岁流于平淡、波澜不惊，但是没关系，"潮落之后一定会有潮起"，把握好自己，才能立于潮头浪尖。

年龄的刻度仅仅是光阴的标记，比之更重要的，是你经历过起起伏伏、被火焰和海水侵袭、浸泡了无数遭之后，还能保有你最初、最宝贵的那些品质。

只要你敢想，还有勇气和热情去做，别说二十几岁，不管多少岁，你都可以成为任何你想成为的人。25岁后的人生应该怎样？

其实那位网友的名字里早已给出答案：要加油啊！

勇

怎样做才算生活的勇者？

这是微博上一个曾触动了许多人的话题，其中一位网友的回答更是格外戳心："哪怕一步一步被削去了天真、热情和单纯，也能无视流言蜚语，热情、乐观、干净、保持初心地活下去，那才是千辛万苦走在人间该有的样子。"

希望正与生活交手的你，是那个勇者。

什么是勇敢？

我们向十个人抛出了这个问题，得到了一些意外却走心的答案。

讲述者 | @Anne

哈珀·李在《杀死一只知更鸟》里说："我想让你见识一下什么是真正的勇敢，而不是错误地认为一个人手握枪支就是勇敢。勇敢是：当你还未开始就已经知道自己会输，可你依然要去做，而且无论如何都要把它坚持到底。你很少能赢，但有时也会。"

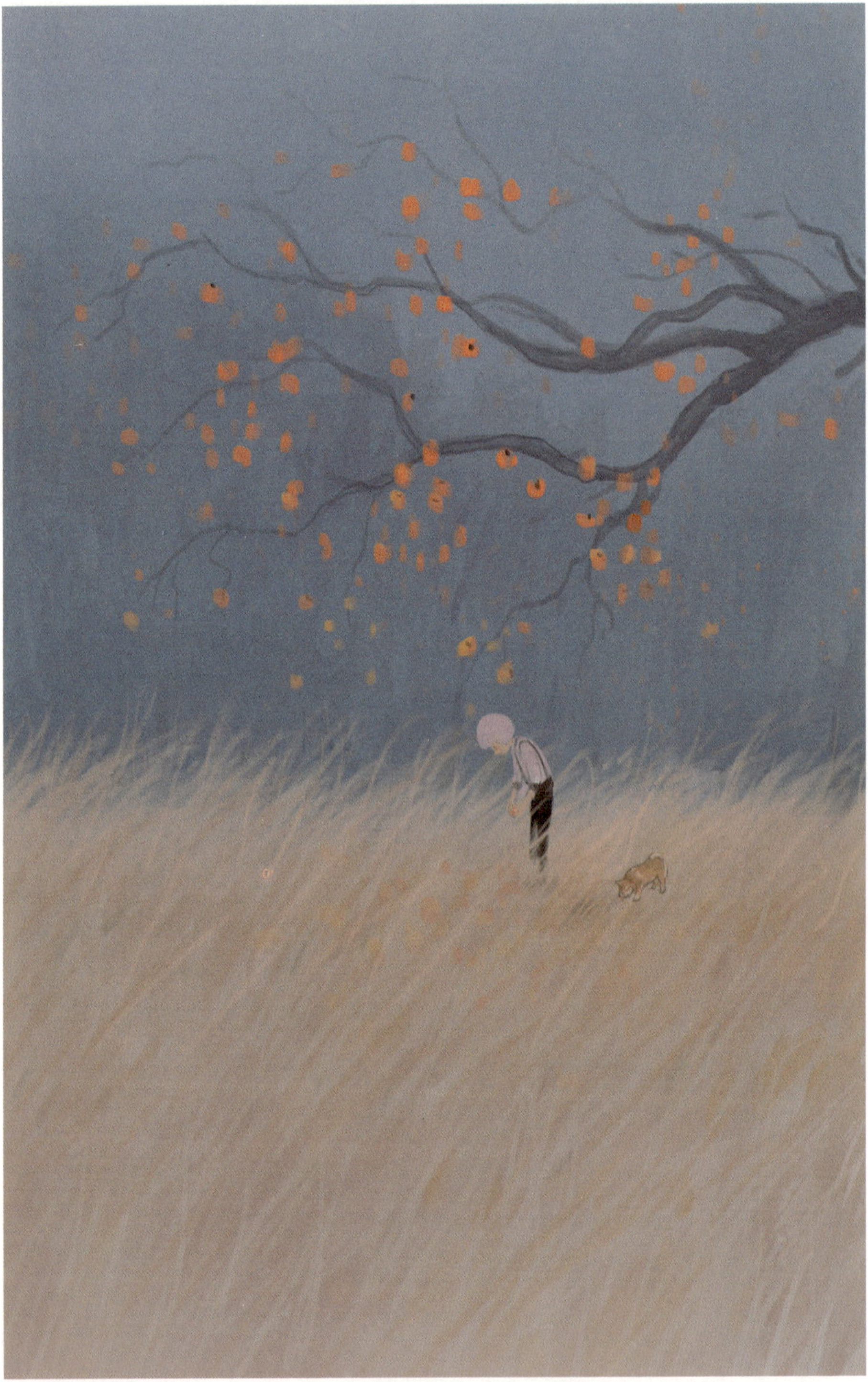

我觉得这段话，是我目前看过的关于勇敢最好的解释。

讲述者｜@何可为

"大圣，此去欲何？"

"踏南天，碎凌霄。"

"若一去不回……"

"便一去不回！"

这是之前看到的一段话，据说是网友自创的，背景是孙大圣离开花果山去大闹天宫，猴子们问他要去干什么。

"便一去不回"这五个字，确实凌厉潇洒，毅勇非凡。

讲述者｜@是欢欢啊

"圣地亚哥是古巴的一个老渔夫，他已经接连84天没有捕到鱼了，他瘦削又憔悴，后颈满是皱纹，脸上长着疙瘩，但他的双眼像海水一样湛蓝，毫无沮丧之色。在第85天，他依然选择出海……"

"他好勇敢啊。"

最近正在给孩子讲《老人与海》的故事，刚讲了一个开头，他就对我说了这个词。

讲述者｜@海廉

"知耻近乎勇。"

我始终认为，一个人最大的勇气是战胜自己，战胜自己的欲念，战胜自己性格中的弱点，战胜自己所遭遇的种种诱惑等，而当一个人"知耻"的时候，他就会约束和克制自己，这便可称得上是勇敢了。

讲述者｜@吴也

荀子曾有一段关于勇敢的论述，他把勇分为"上勇""中勇""下勇"，那段话翻译过来的大意是：天下有了中正之道，敢于挺身捍卫；古代的圣王有正道传下来，敢于贯彻执行他们的原则精神；天下人都知道他，就要与天下人同甘共苦；天下人不知道他，就岿然屹立于天地之间而无所畏惧——这是上等的勇敢。

礼貌恭敬而心意谦让，重视中正诚信而看轻钱财，对于贤能的人敢于推荐而使他处于高位，对于不贤的人敢于把他拉下来罢免掉——这是中等的勇敢。

看轻自己的生命而看重钱财，不在乎闯祸而又多方解脱苟且逃避罪责；不顾是非、正误的实际情况，把希望胜过别人作为自己的心愿——这是下等的勇敢。

我想努力成为"上勇者"，这并不容易，但以它为准则，可以较好地度过人生中许多犹豫的时刻，也不至于在往后的日子里因当时的怯懦而问心有愧。

讲述者 | @一念心灯明

前几天在《夜读》的一篇文章里看到一句非常打动我的话：如果还有一个人愿意为我流泪，我愿意再一次相信这个无奈的人生，我愿意再一次鼓起勇气，只为了给你力量。

我觉得人在脆弱的时候，丧失勇气的时候，想要放弃的时候，常常会寄希望于他人的救赎，如果没有得到，就可能真的一路颓丧下去了。但这句话给我的感觉是：有时候我们可以换个角度，想一想自己可能也是某个人的救赎，这样便能生出些力量来。

回到问题本身上，我觉得勇敢（至少是勇敢的一种）也许是：哪怕是为了那些爱着我们的人，也要好好生活下去，因为那证明了我们在这个世上的意义。

讲述者 | @林深

说到勇敢，大家常常会引用罗曼·罗兰那句"世界上只有一种真正的英雄主义，就是在认清生活的真相后依然热爱它"，但加缪的另一句话好像更打动我，他说："人生的意义在于承担人生无意义的勇气。"

对大部分人来说，生活平淡而重复，没什么轰轰烈烈的大事，许多人或多或少都产生过"人生好像没什么意义"这样的想法。

我想起我的祖父，一生碌碌，以卖力为生，没见过什么外面的世界，懂的也不多，生时平凡，死亦悄然，他用最平淡的方式，过了一种最普通的人生。但他生前说过一句话："我一辈子都在为我的家庭奋斗,我对得起所有人。"

我觉得这是"当一个人知道自己为什么而活,他就可以忍受任何一种生活"的另一种说法。

这种对"任何一种生活"的"忍受",是我认为的、最了不起的勇敢。

讲述者 | @凌阳的小太阳

这两天看到一个比较久远的视频,视频里交警拦下了一个违反交规的老人,老人的家庭和身世让人唏嘘:父母没了,老婆和孩子因难产而死,哥哥也去世了,十几年来和他相依为命的,只有一个智力有问题不会说话的弟弟和一条快要老死的狗。尽管经历了诸多变故,但他看上去很豁然很开心,他说:"往前看。"然后重复了三遍。

往前看。往前看。往前看。

真是简单又有力量的三个字,生活之苦以这样或那样的方式倾轧于不同人身上,但真正的勇者会选择直面惨淡的人生,于绝望处寻一线生机,在黑暗里觅一丝光明,更加努力地活着——往前看,别回头。

讲述者 | @除非我喜欢

当问及"什么是勇敢"的时候,人们好像总把它划入成年人的范畴,然后延伸出很多略显愁苦的答案。但在孩子眼里,它可能没有那么复杂，纪录片《人生第一次》曾拿这个问题去问孩子，其中有个小孩的回答让我印象深刻："爸爸送你到幼儿园，你千万不能哭，你就大步地，不要家长陪，你就大步地往幼儿园里面走，这就是勇敢。"

当时真觉得心里一动。勇敢，就是迈出那一步。

讲述者｜@李子

我常想，世上真的有身置险境而毫不害怕的人吗？

在疫情最严重的时候，面对未知的病毒，那些在疫情中心的医护人员不害怕吗？在那场一触即发的边境冲突中，面对数倍于己的外军，那位张开双臂把后背留给祖国的卫国官兵不害怕吗？那几位奋勇战斗最终壮烈牺牲的戍边战士不害怕吗？

我不知道，我只知道他们在那一刻选择了勇敢，因为"医者仁心"的信念，因为"清澈的爱只为中国"的信仰。

也许，勇敢不仅是一种天性，也是一种选择。

那些选择勇敢的人，是和正义站在了一起，和更深沉伟大的爱连在了一起。

世间攘攘，在其中行走，难免与生活交手，无论如何是需要一点勇气的，无论那勇气来自何处，大小几何，都希望你不负自己的心，然后找到继续向前的动力。

经历一千种人生

"读书可以经历一千种人生,不读书的人只能活一次",多少对世界的惊奇,对审美的培养,对故事的感受,等等,都是书带给我们的。

读书带给我们最重要的东西是什么?

我们向20位爱书之人发出了这个提问,得到了一些妙不可言的答案。

讲述者 | 沈嘉柯　作家、文化学者

读书带给我的最重要一点,是充分了解这个世界的庞大广博。人间包罗万象,知晓其丰富,我们的生活才有滋有味。古代的学者陈寿曾经感叹:"一日无书,百事荒芜。"读书带来的精神饱足感,内心的充盈感,是无可取代的。

我读书亦写书,把有趣的那一部分提炼出来,返还给我的读者。这种循环往复,如水在山川湖海之间蒸腾又凝结,生生不息,爱读书的人,都拥有一个枝繁叶茂青翠可喜的个体世界。

讲述者 | 李远　自由职业者

读书带给我的东西，其实每个阶段都不一样，对于现在的我来说，罗翔说的这段话最能表达我的想法："当我身处恐惧和焦虑的汪洋大海，没有方向，处于一种巨大的不确定的状态，书籍能够暂时地让我安静，寻找到一丝宁静和片刻的确定。"

讲述者 | 白洞　图书编辑

我曾经作为责任编辑，做过一本叫《如何再次拿起书》的书，我觉得这本书里有一句话可以很好地回答这个问题："全身心投入的阅读，其实就是你和一本书联合起来对抗时间。你会忘记了时间，忘记了死亡，也忘记了生命中那些不快和痛苦，完全沉浸在永恒的现在和此刻的快乐当中。"

讲述者 | 黄磊　编剧、作家、图书出版人

我读书，很多时候是希望自己抽离现实生活，去俯瞰一个书中的世界。读书于我而言，很像我是一个导演，通过我的镜头去抽离地俯瞰书中的世界，有时候是紧张，有时候是宁静，有时候则是温暖。这种感觉很奇妙，我会觉得很放松，会获得更多虚拟的感知。

讲述者 | 独木舟　畅销书作家

我认为读书带给我最重要的东西，首先是一种抵抗生之孤

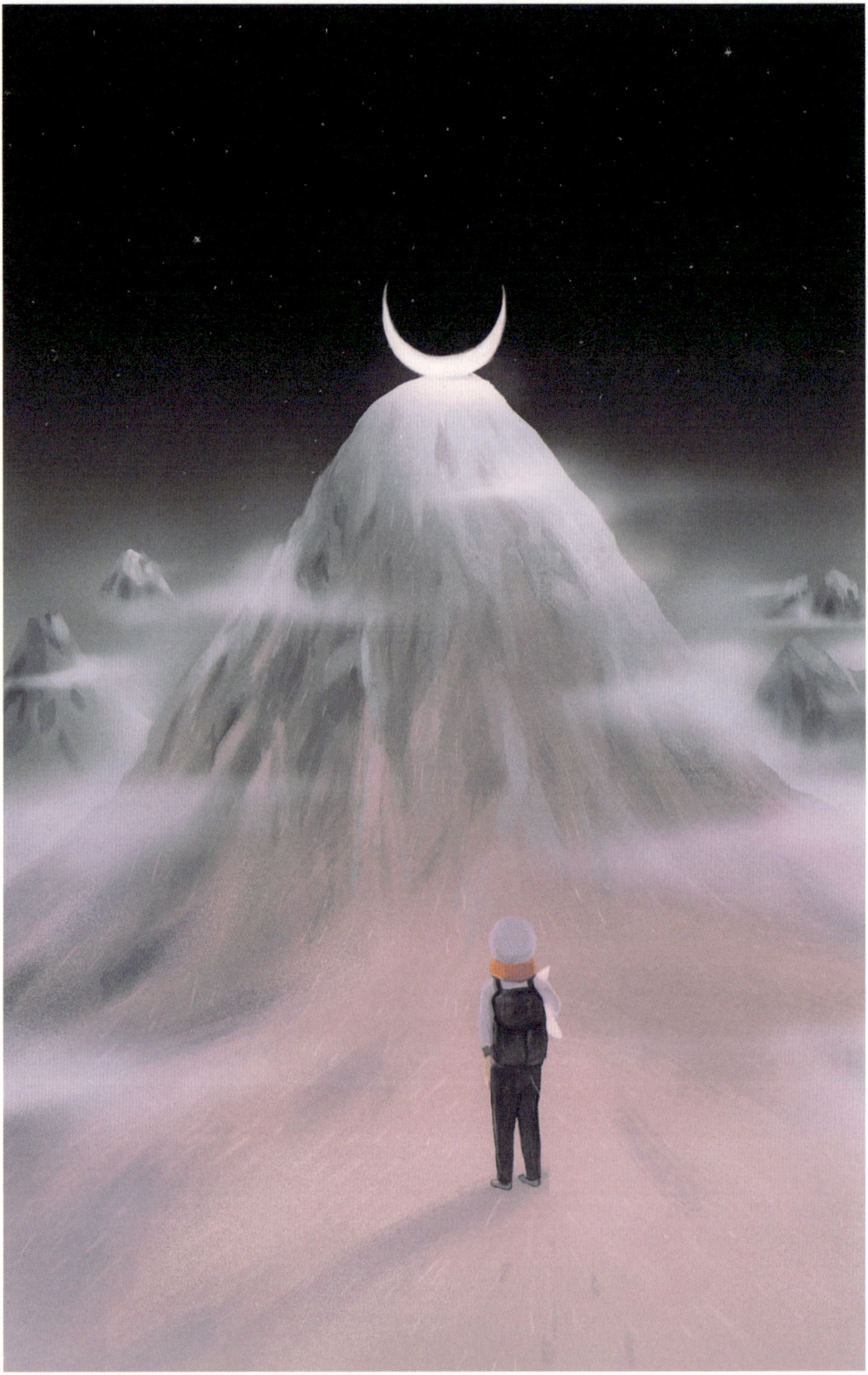

独的能力，这是娱乐、游戏、消遣甚至亲密关系都无法带来的，在文学的世界里，你所有荒诞的、离经叛道的想法都显得合情合理，你的疑惑和困扰也能自书中找到答案。

其次我觉得是对语言习惯的熏陶和保护，保持阅读习惯，能让自己的表达变得更精炼，更简洁，我作为写作者是觉得受益匪浅的。

讲述者丨张佳玮　青年作家

读书是进入字画符号的世界，听音乐是进入声音的世界，看电影是进入影像的世界。但听音乐与看电影，人是被音影带着节奏走的；读书，人可以相对方便地选择速率。大概，读书是去体验一个，你可以相对自由控制的符号空间。

就我自己而言，读过的书，不一定都记得住，但会存在心里，不知不觉间就改变你的人生。至少我自己人生的许多转折，最初的念想，都跟读书有关。

人类总是习惯性高估自己的行为对当下的影响，高估一些看得见摸得着的东西，低估自己的行为对长远的影响，低估一些精神上的潜移默化。而其实我们经历的，是已经被我们读过的书，不知不觉改变的人生。

讲述者丨陈新焱　"书单"创始人

读书带给我最重要的，是认知的提升。

我经常在公司里说，未来，人与人之间，最大的鸿沟，不再是信息的不对称，而是认知的不对称。读书，是帮助我们提升认知，最直接、最有效、最低成本的方法。

创业这几年，怎么经营，怎么招人，怎么管理……几乎所有的知识，都来源于一本本的书，每天从书中汲取营养，然后用到实践中，有疑惑了，再去读更多的书，于我而言，是一个特别受益的正循环。

讲述者｜杨爽　图书出版人

读书带给我最重要的东西，是清晰地看懂了什么叫"理解"。通过阅读，看到更多的世界、走入更多人的心，有了文字在前方引路，才真正有机会靠近并主动去理解。读书改变了我看待世界的眼光和角度，我理解了自己，会更坚定和果敢；也理解了他人，会更温柔。

讲述者｜张天翼　青年作家

第一重要的是，读书能帮人增加对生命的投入和韧性。书是作家人生体验的结晶，他们把灵魂封印在书里，每个时代的读者以迥异的个人经验跟书中灵魂映照，都会生发不同感受。

第二重要的是，书带来磨刀石、无尽的镜子、无穷的门，以及小径分岔的无垠花园。

讲述者 | 郭沛文　青年作家

　　读书对我来说，有些类似于打着手电筒走夜路。这漫长的黑夜是我认知的匮乏，而每本书都能照亮一小块未知的地方。

　　不论从亮处本身看到的是新奇、善恶、沉重或感动，书的光束给予夜行人更重要的东西，还是清醒和勇气。既能让你时刻牢记自己的无知与浅薄，又能为你壮胆，鼓励你往前行走，这种陪伴最为珍贵。

讲述者 | 大井　编辑

　　有一种说法是"少不读红楼"，不然小孩子容易养成软弱的性格，但我偏偏6岁就开始读《红楼梦》。从带拼音的少儿版到原著，很长一段时间，《红楼梦》都是我最爱翻阅的书。因为太熟悉情节，所以很多时候就是随手一翻，翻到哪儿就从哪儿读下去。

　　后来，我上初中开始住校，学校不允许带任何"与学习无关"的书。不能再随手翻阅，就像不能再见面，我每天都很想念大观园里的人。每半个月放假回家，我的第一件事就是把《红楼梦》拿到手里，随手一翻，随便哪里，只要看到熟悉的人名，就解了相思之苦。

　　这是很久远的事了，现在我再也不会对一本书那么痴迷，但我永远忘不了那种感觉。这就是读书对我而言最珍贵的事：我相信书里有另一个世界，那就真的有另一个世界，与现实世界不同,它随时存在,我随时可以躲进去。

讲述者 | 阿柴　媒体人

读书带给我最重要的东西,应该是让我在遇到不同问题时能找到答案,能多一种思考方式。

以前看不下去的哲学、法学、经济学等著作,现在常常看得津津有味。年少时爱看小说,总会把自己代入故事中寻找生活的答案,现在大概是年纪大了,发现再跌宕的情节也不如现实来得骨感,所以自己的知识盲区少一些,看问题的角度多一些,很多事情就迎刃而解了,即便解决不了,也能豁达起来,这样获得的快乐,才是真的快乐吧。

讲述者 | 辽京　青年作家

对我来说,阅读建立了一个从现实生活中抽离的独立空间,透过书本,我得以与不同时代、不同地域、不同背景的作者进行一对一的交流。阅读既是创作的终点,也是在别人的文字中发现自我的起点。带着对自我的重新发现和领悟回归日常,日常生活的质感也会变得更清晰而细腻。

讲述者 | 林培源　青年作家

生命不在于活得长还是短,而在于活得多还是少。我觉得,读书的意义就在于这里,它让你在坚硬的现实之外,获得一个柔软的、弹性的精神空间。这个空间，可以盛放现实生活无法容纳的物体，一丝一缕，一弦一柱，让你仿佛拥有了另一段生命，让你活得比别人"多"一些。

讲述者 | 晓也　杂志主编

读书给我带来了什么重要的"东西"？这个说法好像我因为读书获得了一个什么结果，一个实实在在的具象的"东西"，但我想不出来这个"东西"是什么。我目前对阅读的理解，更像是一场交谈与倾听的过程，可能带来的是抽象的，比如，耐心与敬畏。

讲述者 | 不上夜班的喵　媒体人

读书带给我最重要的东西，大概就是知道了自己的无知，读书越多越觉得自己知道得越少，越有动力去学习，这是一个很有趣的探索过程。

讲述者 | 吴沚默　青年作家

我很喜欢一句诗"上穷碧落下黄泉，两处茫茫皆不见"，这让我总是感觉我们生活的世界只是一个夹层，在夹层里来来往往，走走停停，而也许读书是一个方法，可以上穷碧落下黄泉，暂时脱离夹层世界，在茫茫宇宙和时空寻找映照，那么，我们就不是孤独的一粒尘埃。

讲述者 | 倪闻天　青年作家

我读书目的性比较强，要么是为了学习，要么是为了娱乐。读书的过程有点像看电影，你会进入一个梦，获得平静，抑制焦虑。如果遇到了足以共鸣的文字，你便能明晰自己的思维肌理，更加深入地了解自己。此外，我们能在读书时了解他人的所思所想，这能让我们更富同理心，是获得关照感的一个重要途径。

讲述者 | 毕曳　影评人

我曾经看过一部科幻小说，里面的女主角被问到为什么喜欢看电影时说了这样一段话："电影可以成为一种逃避人生的方式，但有些时候你就是需要逃避人生，从屏幕上看到更值得去过的人生，从屏幕上知道人生可以更美好，或者是看到更糟的人生从而意识到自己还算是不错的。电影让我学会不要将就。"

我觉得，把这里的"电影"替换成"读书"，"屏幕上"替换成"书里"，也是完全可以的。

讲述者 | 天天　互联网内容制作人

对我来说，读书是降低做人的成本。

想象一下，如果我的生老病死、结婚生子都被困在一个小地方，我的想法简单且数十年如一，那么，对于人类这个精妙的身份，我的使用率就太低了——我获得的太少，而活着的成本太高。

怎么才能对生命物尽其用？这里有最直接的答案：读书。去见识更广阔的世界、更离奇的规律、更有趣的可能。

在我以为情感只分喜怒哀乐时,书中爆发的情感能量常常震撼到我,原来书里有爱而不得千回百转,有擦肩而过至死不渝,有人有原罪之恶,也有神性光泽。

当我以为活法和想法只有寥寥数种时,多读书就能明白参差多态乃世界本源。

如果一本有价值的书是一把钥匙,你打开的会是窗,有时也是镜子。你在这里看到世界,看见自己。

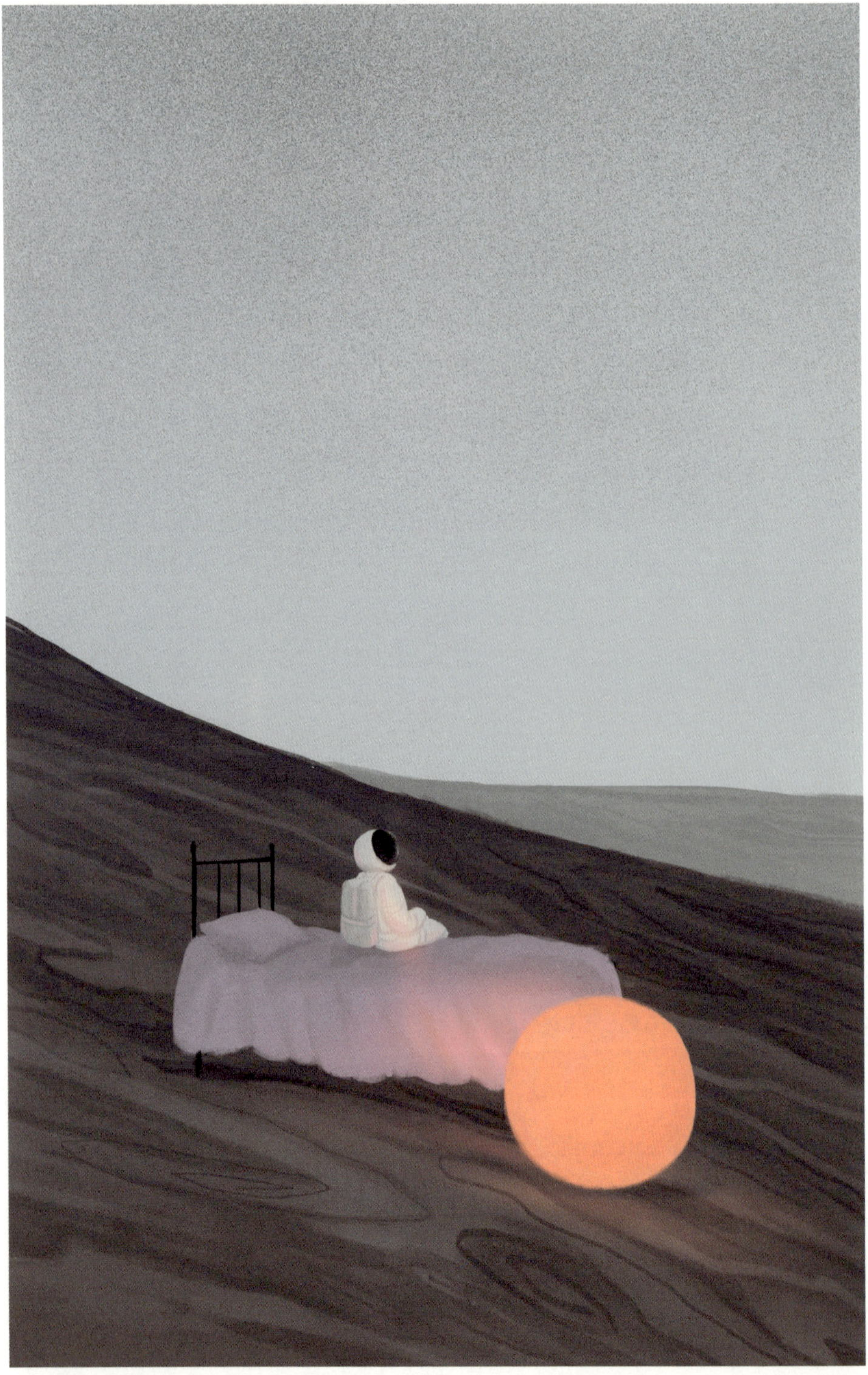

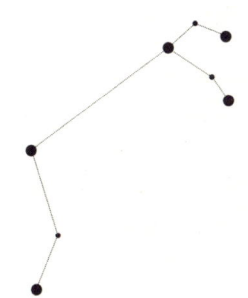

第三章

深自緘默，如雲漂泊

你不可以拒绝成熟

成长，几乎是一个人一生的课题，我们曾迫切地想要长大，长辈师者也常常语重心长地说："你都多大了，能不能成熟点？"

那么，成熟到底是什么呢？

余秋雨在《山居笔记》里说："成熟，是一种明亮而不刺眼的光辉，一种圆润而不腻耳的音响，一种不再需要对别人察言观色的从容，一种终于停止向周围申诉求告的大气，一种不理会哄闹的微笑，一种洗刷了偏激的淡漠，一种无须声张的厚实，一种能够看得很远却又并不陡峭的高度。"

也许，真正的成熟就是这样，不张扬，也并非裂变式的，而是随着年岁的增长和经历的叠加，潜移默化地沉淀和烙刻在一个人身上。然后有一天，我们会突然发现：自己和过去已大不相同，无论是看待事物的角度，对待他人的方式，还是对自我的认知——曾经看重的没那么执着了，曾经挥霍的渐渐学会珍惜了，曾经伤害自己的变得无感了……

这种让人既伤感又欣慰的变化，也许就是我们称之为"成熟"的东西。它有些隐秘，却也并不是无迹可寻，一个人变得成熟，是有一些标志的。

学会管理自己的情绪

都说情绪稳定是成年人最重要的能力之一，它又何尝不是一个人成熟的标志之一呢？

小时候，一旦受了委屈，恨不得全世界的人都知道，也常常企图以哭声为武器，换取他人的安慰。长大了恰恰相反，摔倒时即便想哭，也要先确保身边没人。

以前，情绪的开关常常不在自己手里：他人的冒犯让我们不快，他人的优秀让我们嫉妒，他人的忽略让我们患得患失；而现在，我们学会做回自己情绪的主人，不再由他人随意操控。

情绪管理，是学会克制，也是学会释然，学会不为外物所扰，不再凡事锱铢必较。

真正成熟的人，知道如何在时间管理失败的情况下依然情绪稳定，也知道如何在情绪崩溃的情况下继续自己的生活，既不会不管不顾地发泄，也不会一味地隐忍不发，在"吞下"和"表达"之间，他们找到了平衡。

意识到并接受自己的平凡

大概每个人年少的时候,都曾认为自己与众不同,都曾意气风发地觉得世界尽在脚下,看到别人的失败和狼狈,也笃信绝不会发生在自己身上。

这种信念是什么时候开始动摇的呢?也许是在一次次挑灯夜战却只换来中等成绩的时候,也许是在信心满怀去求职却屡屡碰壁的时候,也许是在工作中倾尽全力却还是原地打转的时候……

然后,我们终于渐渐接受了那个让人难以接受的事实:可能我们拼尽全力,也只能过一种最普通的人生。

这确实会让人有些泄气,但这不就是成长本身吗?就像周国平说的:"人生有三次成长,一是发现自己不再是世界中心的时候,二是发现再怎么努力也无能为力的时候,三是接受自己的平凡并去享受平凡的时候。"

接受自己的平凡,承认自己是个普通人,并不意味着要过一种平庸的生活,我们只是用降低对外在期待值的方式,去调试自己在这个世界的位置,用一种更平和的心态去对待生活,不让自己被愤懑吞没。

"我们必得在岁月蹉跎中,接受自己生而平凡的事实,才能在繁杂的尘埃里享受到岁月静好的宁谧。生命中多少波澜壮阔的想象,最后都包裹在了烟火人世的平安喜乐之中。"

这样,不也很好吗?

不再非黑即白地看待问题

把事情简单地分成"对与错""好与坏""喜欢和讨厌"是最容易的,这样的二元对立对心智的要求不高——小孩子就常常这样。

但要看到一个人身上的复杂性和多元性,要同时在脑海里存在两种看似对立的观点,要理解一个人会在悲伤时微笑也会在崩溃时平静,就难得多了。

很多时候,世界并不是非黑即白的,它是复杂的,且有很多模糊的、难以厘清的地带。除了意识层面的觉察和醒悟,还有以妥协、折中的方法,来解决复杂问题的手段。

这不仅是技巧,也是一种更广阔的"接纳"和更深层的"温柔"。

所以才有人说:"一个人成熟的标志,就是发觉可以责怪的人越来越少。理由很简单,人人都有自己的难处,而你,不一定懂得他们的生活。"

但这种成熟绝不意味着放弃原则和底线,因为,成熟不能滑向"油腻",而是要跳脱出个人化的标准,平和地看到这个世界的多样性,看到一个人的复杂性,如此,才能不狭隘,才能更丰富。

懂得照顾好自己

"人类所能犯的最大错误,就是拿健康来换取其他身外之物。"

叔本华的这句话,大概会戳中很多现代人的痛点。他们也许是觉得自己还年轻,也许是因为一晌贪欢,也许是有很多野心和责任……但无论如何,真正成熟的人会明白,哪怕再忙再累,也不能忘了认真吃饭、按时休息,因为这才是对自己未来岁月最好的负责,也是对家人最好的负责。

人生是一条很长的路,健康是基石,决定着你能走多远。

学会与自己和解

"你愿意做一个完美的人,还是一个完整的人?"

人总是想做到最好,可没有人是完美的,即使已经做到"严苛"的地步,还是会有人不满意,而自己在追逐完美的过程中,也难免失落痛苦。

而完整的意思是:我既接受自己好的一面,也接受自己不好的一面。以此,我们抵达了人生的另一种境界:与自己和解。

与自己和解,意味着你不再排斥那个不完美的自己,不再和另一个自己打架。

与自己和解,意味着你不再跟谁都解释,不再什么都解释,不再需要全世界都理解自己,而回归到"我本位"。

与自己和解,意味着你不需要总是向别人证明自己,因为没有人比你更了解你,你知道自己要做什么,要承受什么。

与自己和解,意味着不再热衷说服他人,不再执着于证明自己是对的,哪怕对一切事情都有自己的观点,也不再对一切事情都发表观点。

与自己和解,意味着不纠结于过去,不耽于遗憾,事过无悔。

成熟,大概就是在一个个这样与自己和解的过程中建立起来的。然后,我们得以成为自己的摆渡人,自渡人生之海。

《少有人走的路》一书中写道:"人可以拒绝任何东西,但绝对不可以拒绝成熟。"

既然不可拒绝,既然是人生之必然,那唯愿你的成熟,"不是被习俗磨去棱角,变得世故而实际,而是独特个性的形成,真实自我的发现,精神上的结果和丰收"。

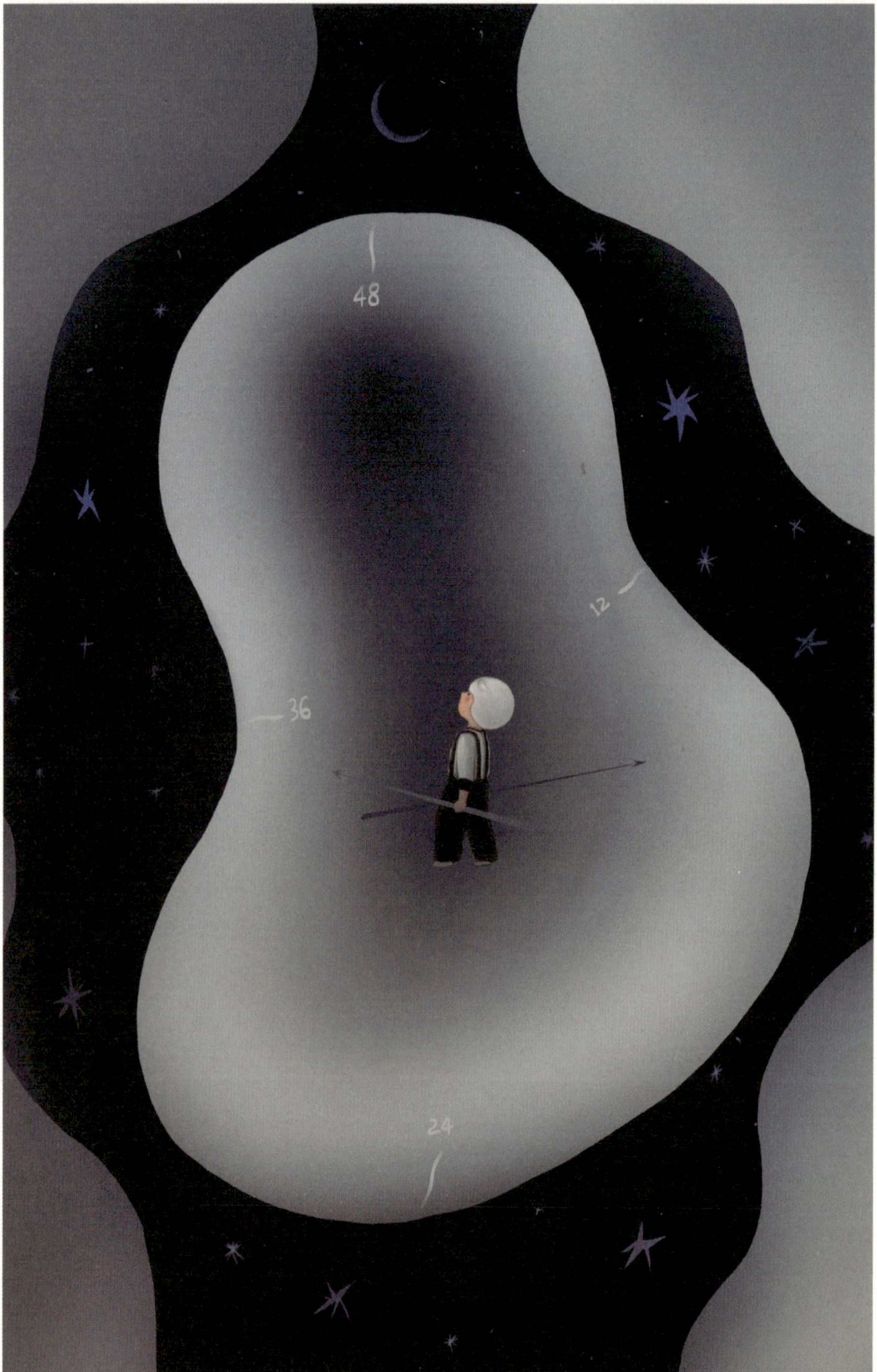
48
12
36
24

如果你也曾迷茫

在我们读者日常的留言里,有许多这样的"灵魂发问":

马上18了,大家都说这是最好的年龄,但我为什么觉得这么迷茫?

还有几个月就要毕业了,却完全不知道自己要做什么,好迷茫,怎么办?

北漂的第10年,最近突然开始迷茫,我的坚持真的有意义吗?

已经28岁了,却好像仍然没有在社会上找到自己的位置,怎么会这样?

过了年就30了,立没立不知道,迷茫倒是真的……

你大概也察觉出关键词了吧:迷茫。谁的青春不迷茫?但迷茫这种状态,并不是青春的专属,无论你在人生的哪个阶段,都难免有被它笼罩的时刻,所以,学会走出迷茫,也许是一个人一生的功课。

不要为没有到来的坏事担忧

很多时候,人是被自己想象出来的困难打败的:"会不会有很多障碍?""这个根本不可能实现啊!""要是失败了怎么办?"

擅自放大困难,提前对结果作悲观的设想,几乎是一种对自己的"恐吓",会制造出另一种焦虑,让人陷入"干脆放弃好了"的漩涡,结果就是你在行动之前就望而却步了,而问题本身依然悬而未解。

想得太多,就容易丧失行动力。如果非得等到一切完美就绪才开始,那我们可能永远也无法开始。

迷茫不定的时候,与其一个劲儿担心这担心那,不如直接去做吧,做着做着可能就有答案了。也许的确会有困难,也许并不能保证一定有"最好的结果",但至少在向目标靠近。而且,请相信,只要努力了,结果真的没有想象得那么坏。

读书吧,书里有你要的答案

有人说:如果想在迷茫期和低谷期提升自己,又毫无头绪不知道该怎么做,去做这两件事一定不会错——读书和锻炼身体。

身体健康了,意志力才不会消沉;而读书,则是一个通过阅读不断理解自己、理解世界的过程。全世界最伟大的智者们,用他们毕生的智慧不断触发你的思考,让你获得沉静下来的力量和面对困境的勇气。哪怕不能立马帮你解决眼下的难题,也会一点点安慰你、滋养你、改变你、塑造你,带给你内心的笃定和思想的丰厚,这种笃定,助你驱赶迷茫;这种丰厚,帮你对抗平庸。

"心之何如,有似万丈迷津,遥亘千里,其中并无舟子可渡人，除了自渡，他人爱莫能助。"人生如蹚江过海，多数时候只能自渡，那些迷茫不知何往的时刻，书可作扁舟，渡你过江海。

直面问题，不回避不逃避

不知道大家有没有听过这句话："我经常有那种感觉，如果这个事情来了，你却没有勇敢地去解决掉，它一定会再来。生活真是这样，它会一次次地让你去做这个功课，直到你学会为止。"

某种程度上，每个人都害怕承受痛苦，遇到问题时都会想逃避。有人通过拖延来逃避，仿佛拖着拖着事情就可以解决；有人通过无视来逃避，好像只要不去看不去想，它们就不存在；有人通过转移来逃避，比如用无止尽的娱乐麻痹自己。可逃避从来都不是什么轻松的事，不仅无助于问题的解决，反而会让迷茫的情绪不断放大和蔓延，造成更大的混沌。

M.斯科特·派克在《少有人走的路》里说："回避问题和逃避痛苦的倾向，是人类心理疾病的根源……勇于承担责任，敢于面对困难，才能够使心灵变得健康。"

痛苦和困难本身也许没有价值，但你直面它们的积极态度，你敢于承受它们的勇气，一定有。越迷茫，越不能躲起来，直面问题、承担责任、忠于事实、保持平衡，会有意想不到的收获。

越迷茫，越要做具体的事

你觉得，迷茫的反义词是什么？

有些人可能会说是坚定，但还有另一种说法：迷茫的反义词是具体。

比如，很多人大学毕业的时候都会十分迷茫，不知道自己未来该做什么，但如果把这个问题具体化，一步步细化成：我要找一份工作。一份什么样的工作？可能钱不是很多但能让我快速成长的工作，最好是大一点的平台。那哪些工作比较符合这个要求，你要为此做什么准备？

这样一步步具体下来，会比较容易找到方法和路径。

迷茫是一种空泛的、说不清楚的、没有着力点的情绪，所以才让人焦虑，但当你抓到那个把手，从某件具体的事做起，开启你的创造之旅时，焦虑就会一点点退去。

作家松浦弥太郎也有类似的建议，他对那些对未来感到不安的人说："按照顺序，一件一件地用心去处理好眼前发生的问题，这才是你该做的事。只要这么做，你心中的不安便不会再任意膨胀，只因你采取了具体的行动。"

放空一会儿，再上路

要在迷茫时找回状态，并不是一日之功，不必把自己逼得太紧，也不要急着一步到位，试着接受目前的状态，暂时放空一下吧。我们都在努力成为自己想成为的人，但在这条路上学会放松，同样必要。

不知道该做什么的时候，你可以睡觉发呆，可以观山看海，可以看花怎么开叶如何黄，可以去游乐场和孩童同乐，可以看一场喜剧电影，可以笑笑跑跑跳跳……总之，你可以停下来喘口气，在生活的缝隙里，找到爱、温暖，以及快乐的能力。

当心情平静下来，精神得到放松，你可能会对这个世界有更清晰的看法，那些"无法解决"的问题，也可能有了新的转机。

更重要的是，暂停后的你，已经备足力气，可以再次上路，"去认识自己，去探索世界，去慢慢发现自己真正擅长的事情，然后在这个方向上，成为那个真正可以发光的人"。

迷茫总会过去，因为你永远比它强大。

有得有失，方是人生

　　2021年浙江高考卷的作文是一个人人皆有感的话题：有人把得与失看成终点，有人把得与失看成起点，有人把得与失看成过程，对此你有怎样的体验和思考？

　　"得与失"确实是伴随人一生的议题，常在我们的生命里波状般交替出现，考验着我们的情绪、心志、抗压力等。人生浮沉，世事难测，只要每一步都竭尽所能，就可无愧于心。

　　有人说，一个内心完善的人，在面对人生起伏时，依旧能保持从容淡定。对他们来说，生活际遇的起落，命运之帆的浮沉，须臾之间的得失，都是人生航程中自然的发生。

　　"是非审之于己，毁誉听之于人，得失安之于数"，以这样的心态驰骋世间，才不会囿于"得之则喜，失之则悲"的局限之中。

面对得失，权当风景

　　关于得与失，有人说过这样一段话："人生中出现的一切，都无法拥有，只能经历。深知这一点的人，就会懂得，无所谓失去，而只是经过而已；亦无所谓失败，而只是经验而已。用一颗浏览的心去看待人生，一切的得与失、隐与显，都是风景与风情。"

所谓的"人生处处是风景"，意思也许是："天晴固然可喜，但有雨的时候也可吟啸徐行，细听雨打残荷声。"得到时欢欣，失去时不馁，无论周身风景如何，都当成是际遇，这样的心境，会给人生带来更多迥异的光景。

面对得失，通达不计

林语堂在《人生不过如此》里说："我们最重要的不是去计较真与伪，得与失，名与利，贵与贱，富与贫，而是如何好好地快乐度日，并从中发现生活的诗意。从某种程度上来说，人生不完美是常态，而圆满则是非常态，就如同'月圆为少月缺为多'的道理是一样的。如此理解人生，那么我们就会很快变得通达起来，也逍遥自适多了，苦恼和晦暗也会随风而去了。"

不完美既是人生常态，那保持豁然就是快乐生活的要领了。你我都熟悉泰戈尔那句"当你为错过太阳而哭泣的时候，你也要再错过群星了"，一味沉浸在失去的哀叹和惋惜中，又何以迎接下一次挑战呢？

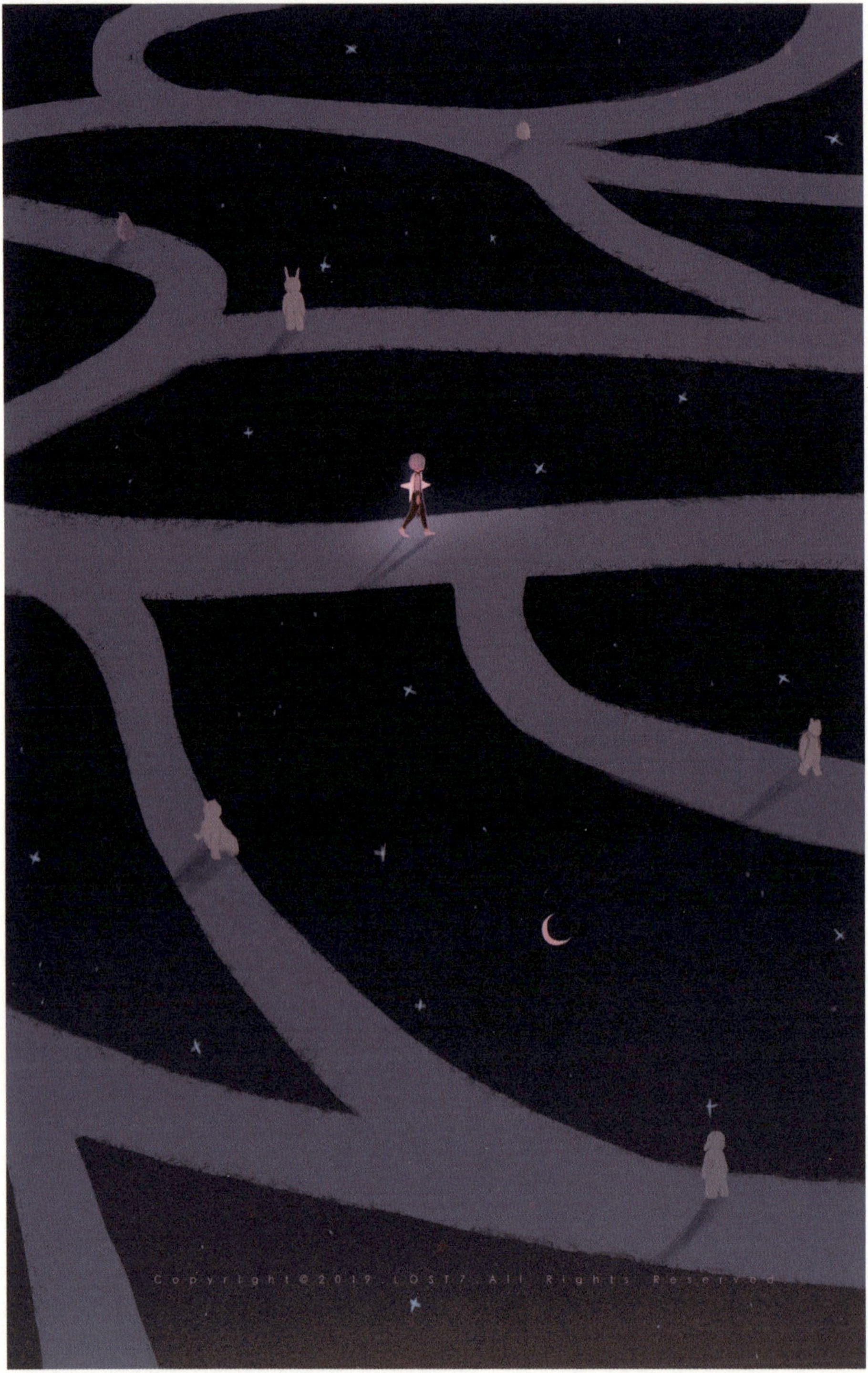
Copyright©2019. LOST7. All Rights Reserved

面对得失，拒绝自缚

《菜根谭》里有一段话："以我转物者，得固不喜，失亦不忧，大地尽属逍遥；以物役我者，逆固生憎，顺亦生爱，一毫便生缠缚。"

它的意思是说：以我为主宰，让万物为我所用，成功了固然不觉得高兴，失败了也不至于忧愁，因为广阔无边的天地到处都可悠游自在；以物为中心而受物欲奴役的人，遭遇逆境时心中产生怨恨，处于顺境时产生欢喜之心，一点细微的事就能把自己束缚住。

换句话，人生在世，应不困于物，但慰吾心。一个好的心态，能让我们超脱物外，看淡得失，拿得起，亦放得下。

面对得失，何必奔忙

"世事茫茫，光阴有限，算来何必奔忙？人生碌碌，竞短论长，却不道荣枯有数，得失难量。看那秋风金谷，夜月乌江，阿房宫冷，铜雀台荒，荣华花上露，富贵草头霜。机关参透，万虑皆忘，夸什么龙楼凤阁，说什么利锁名缰，闲来静处，且将诗酒猖狂，唱一曲归来未晚，歌一调湖海茫茫。逢时遇景，拾翠寻芳。约几个知心密友，到野外溪旁，或琴棋适性，或曲水流觞；

或说些善因果报，或论些今古兴亡；看花枝堆锦绣，听鸟语弄笙簧。一任他人情反复，世态炎凉，优游闲岁月，潇洒度时光。"

  沈复在《浮生六记》中所引的这首词，讲的不仅仅是"布衣菜饭可乐终身"的恬淡生活态度，更是在说：当把一时得失放置于历史长河之中，就会发现，它实在不值一提，倒不如闲下来找一静处，诗酒年华。不然，恐成荀子所说："小人者其未得也，则忧不得；既已得之，又恐慌失之。是以有终身之忧，无一日之乐也。"

  不说历史长河，哪怕只对照人的一生，许多得失在事后看来，恐怕也皆是笑谈。

面对得失，安知祸福

  "祸兮福之所倚，福兮祸之所伏。"这是老子的名句。

  "一条破老的白帆，漏去了清风一半，却引来海鸥两三。"这是余光中的慨叹。

  "天地四方为江湖，世人聪明反糊涂。名利场上风浪起，赢到头来却是输。"这是金庸的诤言。

  所有这些话，大抵都在表达这样一个意思：得失不是绝对的，两者之间常常相互转换。许多批评、挫折、失败，看似是"失"，却可能只是试错的过程，经历过这些，你会越走越稳，越变越强；许多赞誉、盛名、成功，看似是"得"，却可能是进步的桎梏，让你原地踏步，迷失自己。

其实，只要勤恳、认真、踏实地对待生命中的每个挑战，顺和逆都会带来成长，而成长本身就是一种"得到"。

面对得失，吐故纳新

"那些因舍而空出的，必有更好的东西来填补。那些舍去的并未消失，是为了生发更好的存在。"

"当我知道每一个我，每一个自己都是稍纵即逝，下一个自己是全新的。这想法使我充满了启示，总使我有更深沉的感激、更非凡的勇气，去建造未来的自己。改变是可能的！开悟是可能的！从此时此地，走向康庄大道是可能的！"

林清玄的这两句话也许是在说：失去，有时候是对过去的一种告别，为的是腾出空间去接纳更好的未来，去创造全新的自己。要是事事放不下，就容易时时不自在，当一个人的心绪被困住，总在原地嗟叹打转，新的风景又怎么会光临呢？

人生一路风雨，关关难过。例如高考，对许多人来说，都是人生中第一个重要的关口，紧张、在意、不想输，这些心情都是难免的。结果虽尚未可知，但你我都知道，总有人得，有人失。

可是，即便是高考这样的大事，在人生这场"大考"面前，也只是一场小考,一场考试的得失无法决定人生的高度,生命的精彩要用一生的奋斗去写就。

考试需要继续加油,人生更是。

把过程做好，结果不会差

2021年东京奥运会上，中国00后年轻小将杨倩在比赛第一天获得了中国奥运代表团的首枚金牌，带给了我们太多的惊喜、感动和振奋，在接受采访时，这个可爱又强大的姑娘说："把过程做好，结果不会差。"

做人，做事，也许都是如此吧。

"世人多看结果，自己独撑过程"

一个人在什么时候最容易被人看见？大概是做出成绩的时候。

当一个人做出成绩，光仿佛会自动聚集过来，探照的不仅是成功本身，还有成功前的喑哑岁月。可若失去成功这一前提，过去的努力依旧是努力，但关心者想必就甚少了。

"世人多看结果"是再正常不过的事，毕竟人人精力有限，冰心说"成功的花，人们只惊羡她现时的明艳"也大意如此，但这句话还有下半句："然而当初她的芽儿，浸透了奋斗的泪泉，洒遍了牺牲的血雨。"

那些"泪泉"和"血雨",那些暗土里的蓄力忍耐,那些破土时的撕裂坚强,那些风雨时的屹立不倒,就是你"自己独撑的过程"。这其中的万千滋味,难以向外人道明,是只属于你自己的。

是属于你一个人的"苦难",也是属于你一个人的"荣耀"。

因为在你积极地度过每一天的时候,在你对所谓结果根本还未知的时候,你生命的厚度就已经在日日增加,你人生的价值也已经在不断累积。

很多经历高考的人,都曾用这段话鼓励自己:备考就像在黑屋子里洗衣服,你不知道洗干净了没有,只能一遍一遍地去洗。等到走上考场,灯光亮了。你会发现,只要你认真洗过了,那件衣服就会光亮如新。而以后,每次穿这件衣服,你都会想起那段岁月。

事实上,哪怕结果真的不尽如人意,也不意味着努力是没有意义的,你在努力的过程中,懂得了唐诗宋词的美丽,了解了寒潮暖流的变迁,领略了结晶裂变的神奇,感受了星辰大海的召唤,锤炼了积极进取的精神……这一切,不会因为结果的不够完美而消失,它们会留在你的身体里,长成你的血肉,塑造出更好的你。

所以,何必去管外人,硕果在前,只管去摘,独撑着走完整个过程的你,已足够了不起。

"结果不会演戏,过程何必伪装"

生活中,常常有这样的情况:

明明每天都很专注地听课,认真做作业,甚至不惜牺牲休息时间来学习、补课,但成绩却一直平平;明明制定了很多目标和计划,每天打卡赶进度让自己忙忙碌碌,然而一段时间后,却发现并没有带来理想的效果和显著的提升……

如此努力勤奋,付出了时间,牺牲了睡眠,收起了玩心,为什么还是没有得到想要的结果?

这种时候,可能需要思考一下:这种努力是真的努力,还是流于表面大肆宣扬的努力?这种勤奋是真的勤奋,还是有所伪饰自我感动的勤奋?

确实看了书,可有真的理解、总结、应用、温习吗?熬夜到很晚,是真的出于必要还是被玩手机聊八卦牵扯分散了注意力?花很多时间做的事,是不是只挑了最容易、自己最舒适的部分?每天坚持锻炼,可锻炼的量够吗,方法对吗?准备的那些资料制定的那些计划,是真的一一执行了,还是光"准备的过程和变好的可能性"就已经让你自满?

努力当然没错,可努力的方式也很重要。

也许,真正有效的努力,应该是一种"明白自己在做什么,又能时刻投入在当下的自控力,并非表面的废寝忘食",应该是一种"将个人精神力完全集中,全身心地去创造,投入到甚至忘

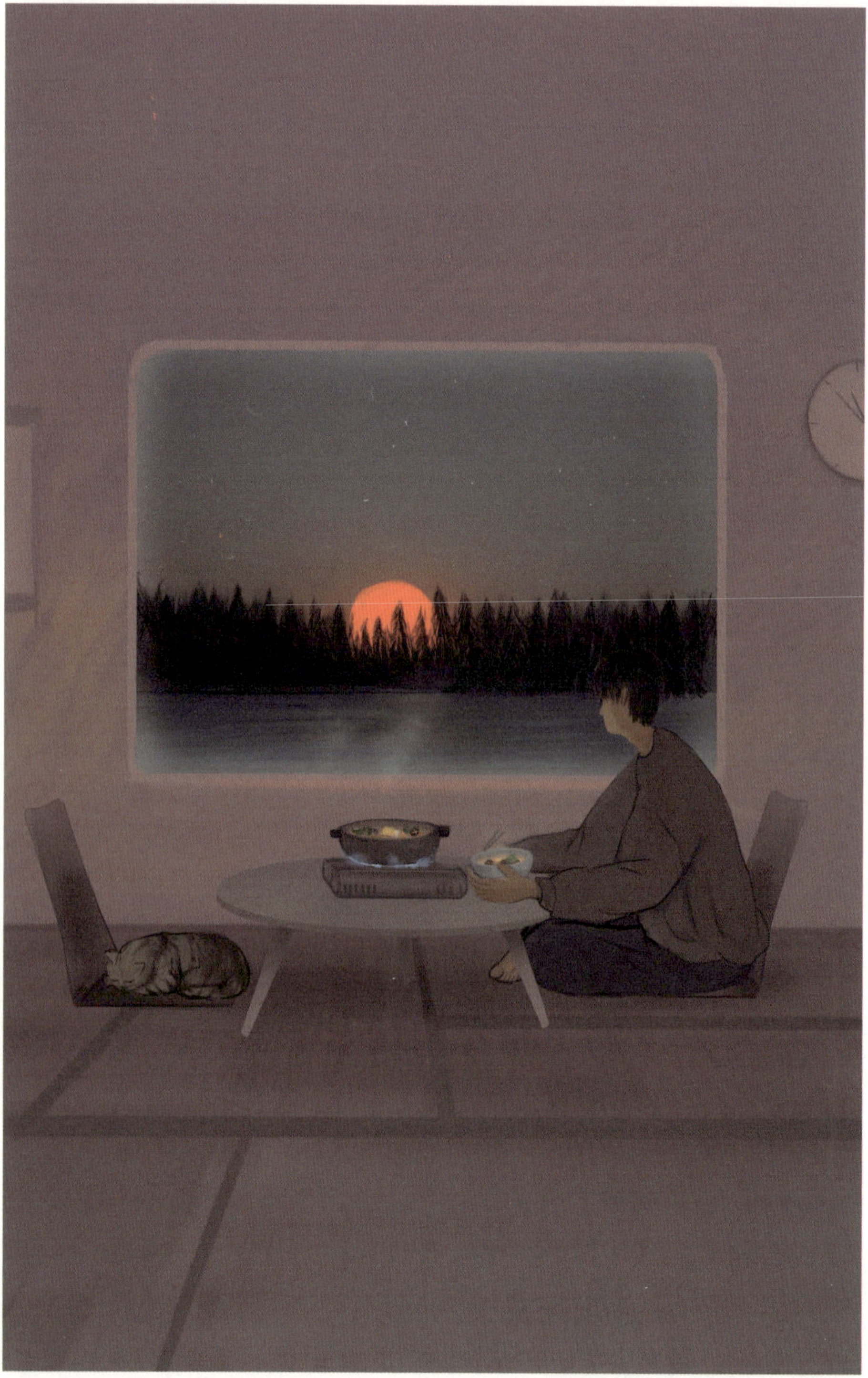

却时间流逝的'心流'状态"。

所有结果都是在过程中孕育的，在这个过程中，如果能专注事情本身，脚踏实地全力以赴，少一些形式主义和自我感动，才能真的无愧于心地说：愿所有结果都不负努力。

"把过程做好，结果不会差"

"把过程做好，结果不会差。"

这句话如此朴素，却也透着无比的坚定，这种坚定，某种程度上是对付出和努力的相信，相信付出会有收获，相信努力能换来结果。这种信念，是努力过程中瞄准方向的引导之光，亦是在结果未知时支撑向前的最大力量。

世间之事，所谓"别人的幸运"，其实都包含着"我们看不到的坚持"。在一切都不确定的时候，有人坚定沉稳，用自律和坚持去应对诸多挑战，终于守得云开见月明；有人患得患失，在怀疑和懒散中心态崩塌，只得废然而返。那些走得更远的人，并不是没有过挣扎，而是他们在挣扎后选择继续；那些有始无终的人，也并不是不曾努力，而是他们没有把努力一以贯之。

有一句话说"未来能成就你的事，就是现在你愿意沉下心来去做的事"，这样来看，用努力换取结果，几乎是一种最平实有效的"成功之道"。

而真正"可以成就一个人"的努力,真正"可以把过程导向结果"的努力,既不是虚假的努力,也不是半途而废的努力,它必于晦暗天日中独自苦撑,也必于漫漫长途中不舍不弃。

人生如此公平:一个人想要最好的结果,就一定要经历不遗余力的过程。

唯此,方可静待花开。

很多事，不值得你浪费情绪

你有过这些经历和感受吗？

明明没做什么特别劳累的事，一天下来却觉得心力交瘁；

过于在意别人对自己的看法，别人说了句什么，心里就犯嘀咕"他那句话是什么意思"；

喜欢回忆和确认自己的表现，常常自问"我刚才那句话是不是太傻了"；

做事前总是犹豫和忧思过度，会纠结"我到底要不要做"，会担忧"要是失败了怎么办"；

容易自我贬低，经历了一点失败，就会说"唉，我就知道我不行的"；

面对选择常常左右为难，纠结半天也下不了决心；

习惯拖延，但在拖延过程中内心又非常煎熬……

这些"自己和自己的拉扯"，就好像内心有两个小人在打架，外表平静无恙，里面已经冲突四起了。许多人把这称为"精神内耗"。如果它让我们这么"心累"，也许，是时候做出调整了。很多事，真的不值得你浪费情绪。

不必活在他人眼里

每个人都希望自己被认可、被尊重,但并不意味着要让他人的眼光和评价成为我们的行为准绳。别人怎么看你,那是别人的课题,擅自背负他人的课题,只会让自己感到痛苦。况且,生活没有那么多观众,实在不必过于在乎他人的看法。

一些高敏感人群要做到这一点,可能尤其困难,对他们来说,他人一句无意的话,一个下意识的举动,都可能让他们反复揣摩,往自己身上联想。

曾有网友分享过自己的一个故事,有次外出打车,上车后由于关门过于用力,发出"嘭"的一声。司机回头瞪了她一眼,于是在之后的行程里,她一直惴惴不安。每当车子急转弯,她都觉得是司机在借机发脾气。直到下车时,司机热情地帮她取出行李,她才发现一切都是自己想多了。

你看,那些你在意的事可能根本与你无关,千万别让情绪跟着预设的思路走,陷入死胡同。

少设限,不自贬

"我之前没做过,我不行的。""感觉好难啊,根本不可能办到。""我要是搞砸了怎么办?"

是不是很多时候,你还没有开始行动,就已经被自己想象出来的困难吓跑了?事情本身没有压垮你,但情绪已经先行一步,让你缩回去了。

"生活里时刻都有挑战,但挑战本身不会带来痛苦,自我战斗引发的内耗才是痛苦的根源。"也许,让我们烦恼的不是挑战本身,而是我们对待挑战的态度。面对落到身上的任务,别总说"我不行""我不会",多给自己尝试的机会,用行动,并且是具体的而非空泛的行动,去克服焦虑和那些可能被你放大的困难。

你可能会发现,你比自己想象的更强大。

不苛求完美,不执着过去

追求完美的人,无论是对于事情的结果,还是自己的表现,都有一种近乎执拗的苛刻。工作出了点问题和失误,他们可能会郁郁寡欢,半夜还在辗转反侧。他们也喜欢反复回忆和确认自己的表现,然后陷入"我刚才那句话是不是太傻了""他不会误会我是那个意思吧""早知道我就不那么说了"的情绪泥沼……

其实不管是人还是事,都不可能百分百完美,与其想着一定要做到完美,不如尽力去做,哪怕有瑕疵,再逐步改进就好;与其想着每句话都说得天衣无缝,不如真诚表达,哪怕有误解,及时去化解就好。

更重要的是,过去的已然过去,与其沉湎其中懊恼追悔,不如收拾心情努力去创造你想要的未来。

不思虑过度,不反复犹豫

已经定下来的事情,总觉得不放心,非得来来回回确认,左思右想找问题;制定下来的计划,会因为担心这个担心那个而迟迟不付诸行动;面对一系列"待办事宜",反复盘算分析,还是不知道要先做哪一件……

这个担心、犹豫、纠结、迟疑的过程,已经消耗了你大量的精力,而事情本身的进展却微乎其微。

想一万次不如行动一次,纠结既浪费时间也浪费精力。一件事,不确定是否万无一失,就边做边调整;事情太多,就按轻重缓急一样一样来。生活井井有条了,心态就会豁达,情绪也会越来越好。

少拖延,多行动

很多时候,"拖延"其实是一种不愿直面问题的逃避心理,在前面浪费大把时间,等到实在拖不下去了才拼命加班加点赶工。

拖延的那段时间,看上去好像什么都没做,是"偷来的闲暇时间"，但这段时间实际上并没有让拖延的人感觉到幸福，那座名为"未完成"的大山一直压在那里，让你即使玩也玩不尽兴，同时还要不断和内心的"恶龙"搏斗，煎熬万分疲惫不堪。"意志力本身是有限资源，在和拖延对抗的过程中，心智力量不断耗散，最后表现出来的，就是什么事都没做，但人已经累瘫了。"

那些让你烦恼和头大的事，拖不是办法，最好的办法是快速解决它，然后全情放松，享受属于自己的"犒赏"。

与其内耗，不如充实

想得太多，思想负担过重，可能是"精神内耗"最明显的特点之一，但很多担忧其实都没有必要：没有必要总是对他人的情绪负责，没有必要因为他人的过错而生气，没有必要一定要完美，没有必要让所有人都满意，没有必要因为担心结果就拒绝开始，没有必要想太远的事和假设的事……

心理学家说："我们越是正视自己的冲突，并寻求解决的方法，我们就越能获得内心的自由。"

面对精神内耗，学会接纳自己，喜欢自己，充实自己；学会努力地表达，积极地争取，适当地拒绝；学会把精力用在对的地方，用具体的行动驱散弥漫的焦虑……

你的情绪很宝贵，不要轻易浪费在不重要的人和事上面。

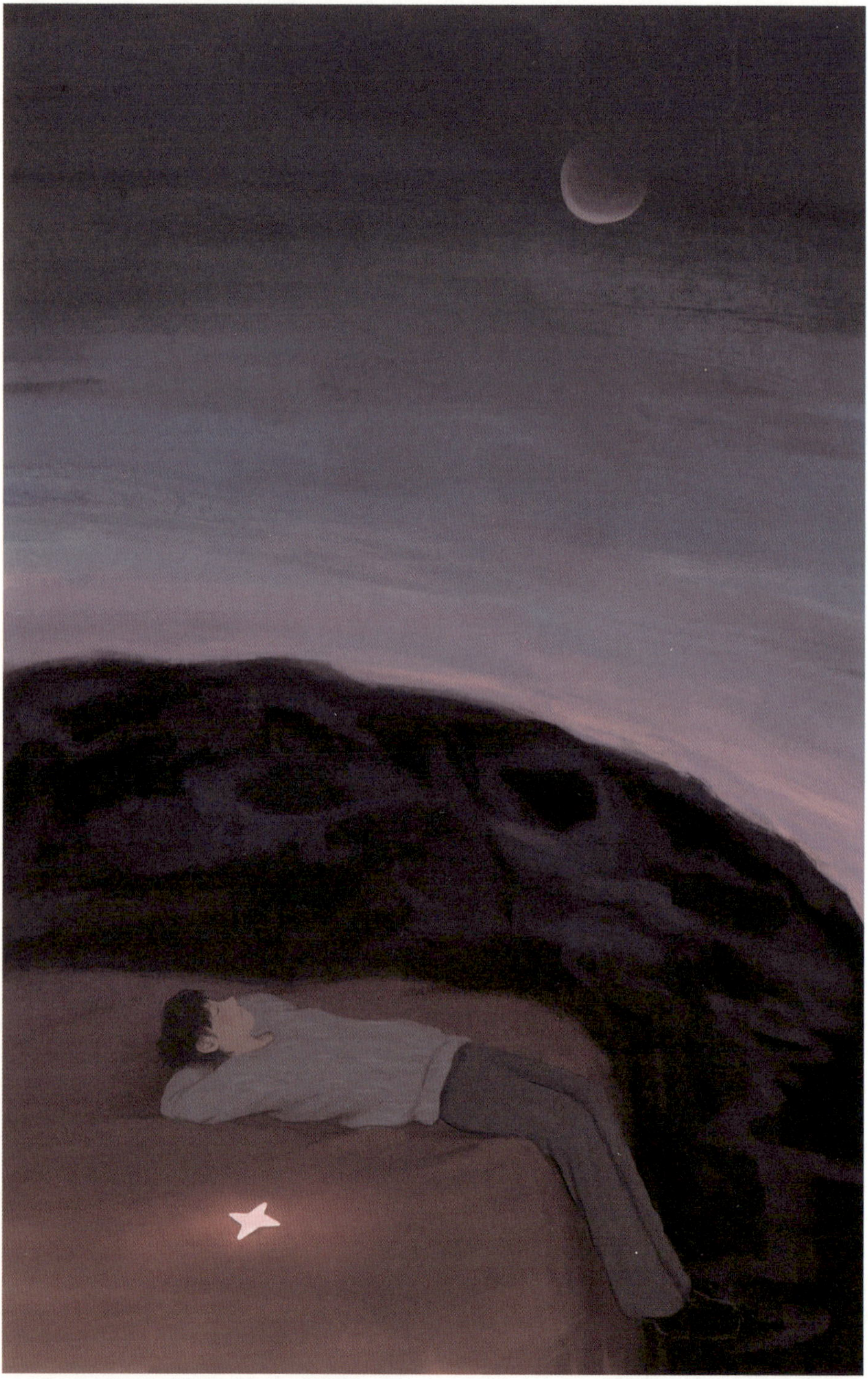

一个人待会儿,挺好

你是否有这种感觉?过一段时间,必须去独处一会儿。像鲸鱼跃出海面呼吸,像舞台的幕间休息,你需要那么点时间,从热热闹闹的人事中逃离,和自己稀缺的平静待在一起。

正如梭罗在《瓦尔登湖》中说道:"我爱独处,我从来没有发现比独处更好的伙伴了。在多数情况下,我们外出,到人们中间去时,比待在自己的屋子里更为孤独。"

1

独处,成年人的回血时刻。

网上,有这样一个精准击中成年人情绪的发问:为什么很多人开车回家,到楼下了还要在车里坐好久?

最多的回答是:"需要独处。"

很难说清成年人的生活中,一天之中有多少时间是完全属于自己的。我们的时间像一幅巨大的拼图,每一块拼图都被清晰地分配了任务：在办公室里是效力的员工；在社交场合中，是应酬的一员；在家的屋檐下，是要尽责的成员……

当时间被精细地功能化之后，独处就像对机械运转的钟表按下了暂停键，给自己一个"换气"的出口。哪怕仅仅是在沙发上发一会儿呆、放空，都是有益身心健康的，它不一定产生直接价值，却能润物无声地修复心情，是生活里必要的布白。

2

独处，重建心灵的秩序。

当你从热闹中撤回自己的领地，你不会因为冷清而寂寞脆弱，反而能感受到一份精神的自如，收获心灵意义上的平静。

你看，月色满园的夜晚，朱自清先生因为白日的俗务而"心里颇不宁静"，于是从家中踱步而出。他在文章里写道：

> 路上只我一个人，背着手踱着。这一片天地好像是我的；我也像超出了平常的自己，到了另一个世界里。我爱热闹，也爱冷静；爱群居，也爱独处。像今晚上，一个人在这苍茫的月下，什么都可以想，什么都可以不想，便觉是个自由的人。白天里一定要做的事，一定要说的话，现在都可不理。

似这般，与荷香月色静静地待一会，让他疲累的身心受到了美的洗礼，从不安枯索的状态再次充盈饱满起来。

3

独处，是换个方式输出。

若论独处最好的副产品，当属"安静"。而静，是我们割断浮躁，潜下心来踏实做事的前提，甚至成为你人生中最好的增值期。

作家木心年轻时曾借口养病，雇人挑着两箱书，躲进了莫干山中的一个房子里读书写字。山民笑木心："不好好当少爷，非要跑来冷清的荒山中受苦。"

冬雪封山，寂静肃杀，一人一屋，很孤单，也很简单。

但木心不这么想，他在山中过着一种简单素朴的生活，白天借天光，晚上借烛光，沉浸在福楼拜、尼采、莎士比亚的世界中，热闹极了。

那个冬天过去后，木心下山时，挑夫的篮子里多了几册木心写出来的书稿。

在山民眼中的孤单冷清，换来的是木心求之不得的文学世界。

先生说："生活的最好状态，是冷冷清清的风风火火。"他爱的便是这寂寞与清闲，直到生命的末年，他依然眷念地提起这段时光。

4

独处，每个人必选的课题。

陪伴虽然可以缓解一些痛苦，但也可能是一种治标不治本的捷径，生命中有些问题是必须自己去面对、克服的。

独自翻山越岭，憋着一口气，抵达山顶时的满足感是无法描述的；独自扛下生活的难题，从柳暗处走到花明的喜悦是终生难忘的，且带来的成长也更加扎实可靠。

周国平先生有言：

> 和别人一起谈古说今，引经据典，那是闲聊和讨论；唯有自己沉浸于古往今来大师们的杰作之时，才会有真正的心灵感悟。和别人一起游山玩水，那只是旅游；唯有自己独自面对苍茫的群山和大海之时，才会真正感受到与大自然的沟通。

所以，一切注重灵魂生活的人对于卢梭的这话都会发生同感：我独处时从来不感到厌烦，闲聊才是我一辈子忍受不了的事情。

5

独处后，而天地宽。

人们常认为独处是隔绝世界、封闭自我,这恰恰是把独处看小了。真正的独处,是一种自由的状态,一种淡然的心境,在一呼一吸、一张一弛中,与生命对话,与世界对话。

"无事此静坐"是汪曾祺先生很喜欢的五个字,他说静不是一味的孤寂,不问世事,而是如宋儒写的那样:"万物静观皆自得,四时佳兴与人同。"独处也是这个道理,退守到一个人的清清世界,静下来,去观照万物,明白事物的运转与规律,懂得自然的生命与智慧。

不论生活多么繁忙,不论是独自居住还是和他人共同居住,请尽量抽出一些时间回归自己,和自己安静地待在一起,诚实地问自己一些问题,再诚实地回答。就像弗吉尼亚·伍尔夫在《海浪》中写道:

寂静,咖啡杯,桌子,这一切是多么美好啊;一个人独自坐着,就像那孤独的海鸟张开翅膀站在一根木桩上,这样是多么美好啊。就让我永远坐在这里,伴着这些纯粹的东西,这个咖啡杯,这把餐刀,这把餐叉,保持它们各自本性的东西,保持我的本性的我本人。

愿你比别人更不怕一个人独处,愿日后谈起时你会被自己感动。

一个人，也在好好生活

一个人，好不好？

这一次，我们不谈论爱情，把时间交给那些一个人也很好的小时光。

猫咪比谁都懂我

讲述者 | @小仙儿

今天，24岁的我，一个人住的第458天。难免有些孤独，可那有什么关系呢！有电影、有音乐、有零食，还有猫咪一直陪着，它见证过我的每一次欢笑和泪水，聆听过我每一次的牢骚，它就这样看着我，它好像什么都懂。

把爱情弄丢，很久了

讲述者 | @绿色书皮

　　一整天，听李宗盛的《阴天》，短短的4分02秒，我把爱情弄丢，很久了。但我不想责怪自己，还想表扬这个小女孩呢，看着那个他离去的背影，没有哭。现在的我，一个人心里很平静，每天有大把的时间取悦自己，这是以前没有的感觉。

朋友好起来，齁甜

讲述者 | @……铭

　　我们是玩得超级好的朋友，认识了四年多，放假的日子里，总是会约出来一起玩儿，互相嘲讽都是单身，但只要发个消息，大家就能聚在一起，无所顾忌地用玩笑话来重置心情，在时兴的游戏里释放压力。这样的朋友，已能治愈所有饱受摧残的内心。

篝火很旺，月很圆，大家都在笑

讲述者 | @非易同学

　　某年五一，我参加了篝火晚会，那是我第一次一个人在假期

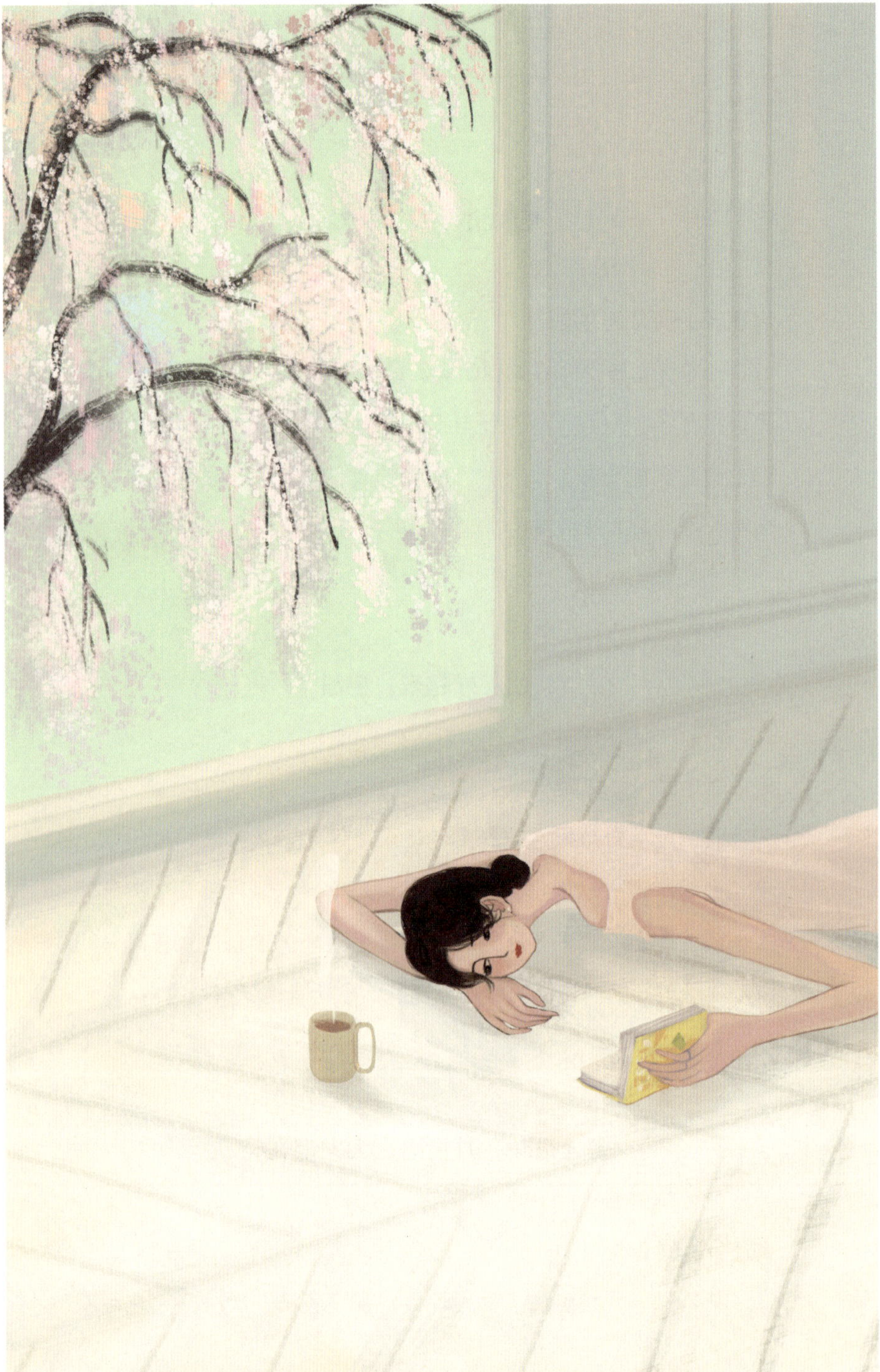

出去玩儿，也是第一次一个人去游乐园玩儿。

那天晚会上除了我一个人，大家身边都有其他人陪伴，但真的没有觉得失落，反而更享受这种孤独和自由！

那晚，篝火很旺，月也很圆，大家都在笑。

偏爱"请勿打扰"模式

讲述者｜@曾经的纳摩兰

周末懒懒地窝在家里，在光线最好的地方摊开一本书，伴着耳机里的音乐歌单，在漫长的冬日午后，放下焦虑和防备，短暂地充个电。每到这时，都觉得自己已经被所爱拥抱着，无须再多。

一呼一吸都是自由的分子

讲述者｜@类似苏花

习惯了每天下班换掉工装，拿起瑜伽服，骑车到瑜伽馆，做着重复的体式，在一次一次的习练中，感受身体的觉知，找到更适合自己的方法。很享受一个人的充实，一呼一吸都是自由的。

拥有一整张床的幸福

讲述者 | @xo

晚上睡觉边上没呼噜声，没人抢我被子和枕头，没有半夜上厕所的打扰，想追多久的剧就追多久，最要紧的，不用操心对方有没有洗澡了。

最苦的路，自己走过来的

讲述者 | @平常心

考研的日常，一个人复习，一个人吃饭，一个人煎熬，大概只有和店老板要碗面的时候，才会多说几句话。总有一些路，需要你一个人走，因为心里有渴望，所以孤独的路也不会觉得寂寞。

偶尔羡慕情侣，常常庆幸单身

讲述者 | @ll

只有生病的时候，想着身边有个人的好。但更多的时候，我享受单身。我发现自己没办法对任何人诉说内心的痛苦，以及，非常恐惧把自己的喜怒哀乐交给另一个人掌控。如果有人稍微走进我的生活，就会有种生活节奏被打乱的不安感。像我这种人，对社会最大的贡献就是，照顾并经营好自己，不添乱！

曾经跨过山和大海，未来也要

讲述者 | @波波

一个人的时候，强化了英语，看完了四大名著，几乎走遍了中国的大江南北、山山水水，也去过很多国家，冲过浪、潜过水、跳过伞、蹦过极。在阳光的旅途中，对未来的一切充满了信心。

花心似我

讲述者 | @璐璐子

怎么说呢？我这个花心的女人！曹植、李白、王维、陶潜、竹林七贤、刘希夷、王羲之、辛弃疾、苏轼……唐宋之前的潇潇君子飒飒侠客都快把我的心挤爆了！更别提这之后！能读他们的文字，知晓他们的一生，已是至上的快乐。

一个人，不香吗？

讲述者｜@娟子

一时单身一时爽，一直单身一直爽。花太多时间去和另一个人在一起，有时候还会有烦恼、麻烦，还有生气。还不如一个人，整理整理生活，做点好吃的，听首美妙的歌曲，不香吗？

单身，无限可能

讲述者｜@Ann

单身会感受到自己作为独立个体所拥有的无限种可能。而这种可能性，是极其迷人的，对每个强调自我的人散发着至深的诱惑。

给单身的你

讲述者｜央视新闻《夜读》

大多数单身的人，起初可能是因为失恋单身，也曾在单身伊始，为了填补内心的空白，对新的另一半有着强烈的渴望。但往往时间没带来爱人却带来了成长，当一个人熬过深夜的啜泣，撑过无人问候的苦，不再向外索求精神支柱时，我们开始学会：一个人，妥善安顿好自己的生活。

你可以休憩、发呆，也可以迈出步子，去完成一些梦想清单里的事。看一本被遗忘很久的书，听一场绝妙的音乐会，做一顿美味的餐食犒劳身心，去远方的神秘世界看一眼……一个人独立完成的事情越多，越能唤醒深处的自信。

有人担心"单身久了，就很难再爱上别人"，却遗忘了恰是单身的日子教会了我们内在审视，去认证个人的价值，明确真实的情感意愿。唯有理清了头脑，当爱情降临时才不至于患得患失地懦弱自卑，火急火燎地急于交付，而是真正想清楚：我一个人可以很好，和他（她）在一起是否会变得更好？

英国作家王尔德说：爱自己是终身浪漫的开始。所以，在遇到真正对的人之前，先遇到美好的自己。没关系，一个人也OK的。

真正的世界，放下手机才能看见

近几年不少人都有这种感受：我们加的人越来越多，但是发朋友圈的次数却越来越少，每次发朋友圈都要思前顾后，这条能不能发，发了会不会被吐槽，会不会不够有趣，会不会显得矫情……

在人际交往中，我们好像变得更加收缩和谨慎了。最近还有一个报道，说目前已经有超过两亿人设置了朋友圈仅三天可见。

当人们选择"仅三天可见"时，"不可见"的那一部分又是什么呢？

有人说，越来越不爱发朋友圈，是因为朋友圈不再是"朋友之圈"，而成了一块"公地"："朋友圈就像古时候的一条街，有的人在说书讲道理，有的人在晒娃，有的人在秀恩爱，有的人在上面'开商店'，有的人搬了小板凳在路边调侃，有的人忙着种田不上街。我们可以在家里乱扔臭袜子，却很少在大马路上光着脚丫。越来越不爱发朋友圈，更多是因为随着添加好友的增多，形象管理的成本太高了。"

有人说，越来越不爱发朋友圈，是因为"觉得自己活在了他人的眼里"："发完朋友圈之后，总喜欢一遍又一遍地打开微信看哪些人点了赞，有没有人评论，如果有很多人，就在想下一条要发些什么，如果没什么人关注，就会默默把朋友圈删掉，反思是不是图片P得不好，文字写得不好，最后会不开心乃至失落一整天。"

还有人说，越来越不爱发朋友圈，是因为觉得自己好像无论说什么，都会冒犯到一些人："不知道从什么时候开始，在朋友圈讲话变得小心翼翼，好像说什么都容易被误解，其他人通过朋友圈，建构着你的形象，揣度着你的生活方式、审美品位：发自拍照游玩照，有人说P得太过了；发新买的东西，有人说是炫耀；发感悟心情，有人说是矫情；发个读后感观后感，也有人会跳出来说'你居然喜欢这个'。"

朋友圈作为人际交往的一部分，本意是交流、沟通与分享，当这些功能越来越小，或者说不那么真诚之后，人们表达的欲望和分享的热情自然也就收缩了。社交最重要的目的之一是与他人建立联系，这些联系可能是情感层面的：在开心时得到祝福，在难过时得到安慰，在沮丧时得到鼓励……也可能是利益交换层面的：在许多人眼里，这就是"人脉"。然而，无论是情感还是人脉，都不是越多就意味着越好。

你的好友列表里也许有成百上千个好友，但真正能够接住你情绪的，恐怕不多。成长的裂变会带来成熟的自己，到了一定阶段，当你懂得苦闷和快乐都是很个人的事情时，当你知道知交好友有几个就足够时，当你内心充足冷暖自知时，当你明白生活是

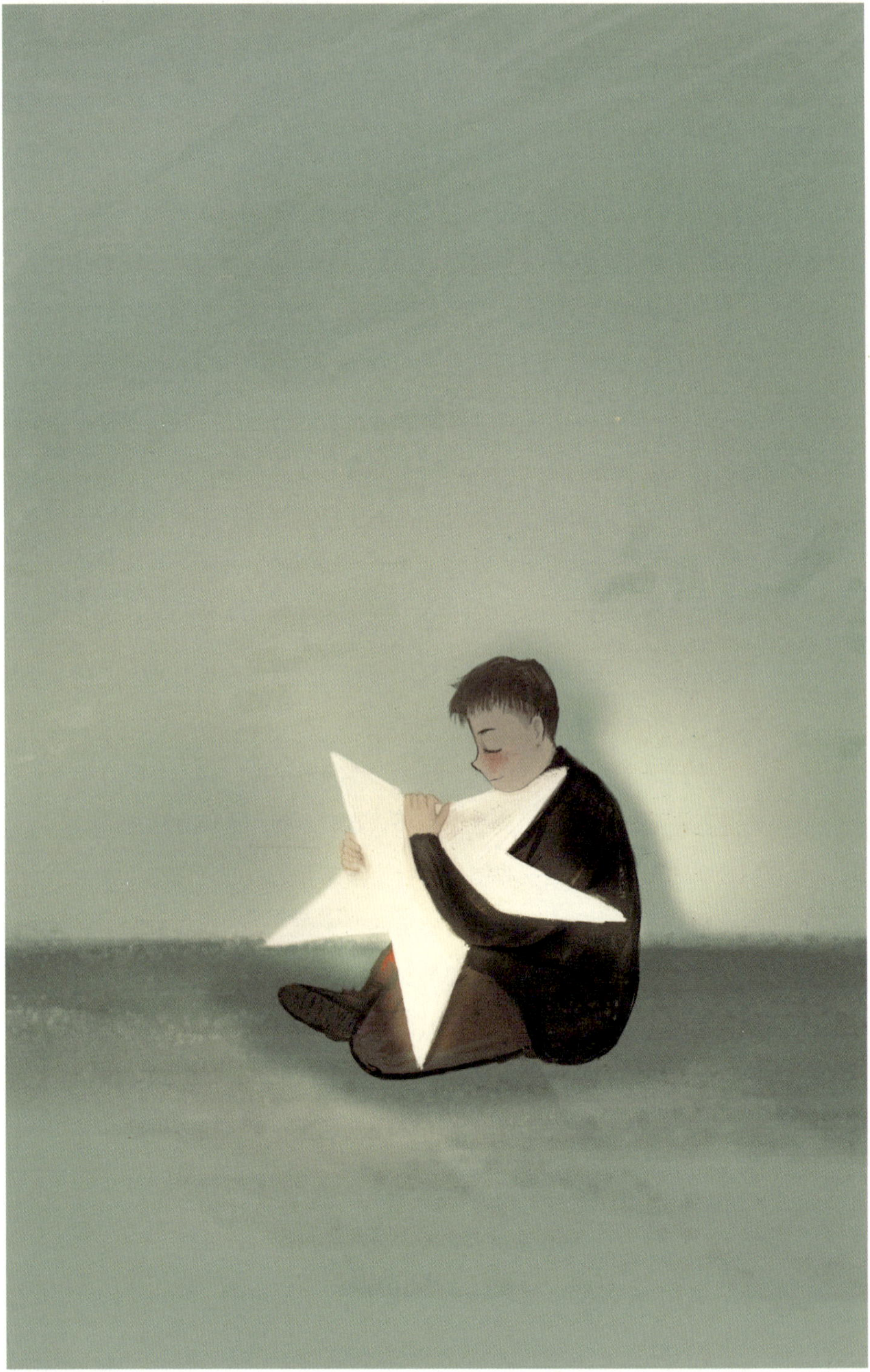

活给自己看时，你便不会频繁地在朋友圈里展露情绪。

你当然还是可以发发照片记录记录心情，但这样的分享无关其他，更不需要靠他人的关注来证明存在。同样地，你的好友列表里有成百上千个好友，但真正能够成为你的"人脉"的，恐怕也不多。大部分时候，"人脉"类似一种交换关系，和本人无关，而和所处的平台和位置有关。如果你没有属于自己的独特价值，一旦你离开那个平台和位置，这种"人脉"也多半就断了。

所以，与其将过多的精力耗费在经营人脉上，不如沉淀下来好好提升自己。

朋友圈，三天也好，半年也好，喜欢也好，逃离也好，可能都是因为我们对它寄予了太多期待，然而它毕竟只是一个抒发情感的小窗口，一个虚拟世界中的小天地。不用把过多的期待放在上面，也不要期望单纯依靠社交网络就变得亲密，真正紧密的情感联系和亲密关系都要在现实生活中，通过切实的行动去建立。发不发朋友圈，几天可见都不那么重要，因为它并不是生活的全部，把更多心力放在应付真实的生活上，你会更容易找到生活的重心。毕竟，"真正的世界，在我们放下手机后才能看见"。

是时候，与自己和解了

这两年，"与自己和解"这个话题越来越频繁地出现，我们也常常收到这样的留言：像我这种缺点很多的人，到底要如何接纳自己，与自己握手言和？

每个人生活中，都有一些难以接受却又确实存在的部分。我们与自己的关系，是这个世上最重要、最核心的关系，且将伴随一生。也许，"只有当我们与自己达成和解，与自己建立深层、和谐的连接时，外在生活中的那些问题才能得到根本性的解决"。

哪个时刻，你与自己和解了？

讲述者丨大风吹去

26岁之前，我一直觉得自己是"差一点人"。

差一点考上重点中学，差一点去了重点大学，差一点和喜欢的人在一起，差一点拿到大公司的录取通知……

我的人生，一次次和"成功"擦肩而过，好像总是差一点。这真的太让人沮丧了，特别是，我明明已经那么努力了。这种差一点的人生常常让我有一种较为悲哀的心情，虽然生活在继续，但我在内心深处始终隐隐地怨恨着自己。

似乎是很偶然的一天，我晚饭后在楼下散步，小区的荷花开了，晚风温柔地吹着，我感到一种突然的幸福，我试着回想我过往的人生，突然觉得那些"差一点"其实都"挺好的"：因为没有上重点中学，我的中学生活没有被学业过分地挤压，保留了一些我至今仍在享受的爱好；虽然没有去重点大学，但在那所普通大学里遇到了现在最好的朋友；那场未竟的恋爱虽然遗憾，但会永远美好在记忆里；现在这份工作没有大公司的光环，但加班很少时间自由，其实挺适合自己的……

一定要说，那就是我和自己和解的重大时刻，尽管这个时刻看上去那么普通。我突然发现，人生不是一定要怎么样的，不是一定要去哪里和什么人在一起，不是一定要比别人厉害，我可以错过，可以落败，可以普通地、尽我所能地活着。

讲述者｜芝芝

在女孩们最在意外貌的青春期，我的体重飙升到人生的峰值，与旺盛的胃口相伴的，是极致的羞赧和自卑。我不敢在那些青春靓丽的女孩面前抬头，总觉得她们看我的眼光意味不明。后来，体重减了不少，但自卑感却延续了下来，我总觉得自己不够漂亮，习惯挑剔自己，习惯盯着自己的缺点不放。

与此同时，为了弥补这种外貌上的自卑感，我在工作时以一种近乎严苛的标准要求自己，我努力做到最好，事事追求完美，可还是很难让自己满意，最后的结果就是，我既焦虑又拧巴。

可能是因为实在太累了，我终于决定接受自己真正的样子，不再自己和自己打架：我从纠结于外貌上那些"瑕疵"，转而去寻找适合自己风格的妆容和服饰；我仍在工作上尽心尽力，但不再用结果苛求自己；我依旧欣赏他人的精致和美丽，但不再嫉妒和焦虑……

跳出了完美的"模子"后，我发现自己不可思议地从容了起来，这种从容随之带来自信，自信铸成自我，最终吸引到了那个越过外表真正欣赏我的人。

我终于明白，人不是因为完美而被爱，人是因为成为自己而被爱。

讲述者｜何钦

我人生中几个重要的与自己和解的时刻，都伴随着同样一种心情：承认自己的"无能"。

举个例子，我一度觉得自己会成为一个作家，真正意义上的作家，这个愿望强烈地搅扰着我，让我兴奋，也让我对正在做着的本职工作有些不屑和敷衍。我想着自己终有一天，会和思特里克兰德（小说《月亮和六便士》的男主人公）一样，辞职奔向自己的"月亮"。

五年后，我终于承认了自己的"无能"——我只会写几个平庸的文字而已，根本算不上什么天分，我大概率永远也不可能成为一个作家。

刚开始意识到这一点时的那种痛苦，简直无法言喻，因为那是对我长久以来想要的东西的放手。可奇怪的是，这种阵痛过后，我感到了一种彻底的轻松，我终于不用在现实生活和遥远幻梦中挣扎，我终于可以把更多的注意力放在"生活本身"而非"生活的意义"上了。

我说的，绝不是一个放弃梦想的故事，也绝不是一个无奈妥协的故事，而是和一样自己无法得到的东西握手言和的故事。我仍然喜欢写作，只是不再一定要以什么身份去写了。

有时候，在人生的某些事情上，无论我们多热爱，也必须承认自己的无能。这，也是一种和解。

讲述者 | 卷

"幸运的人，一生都在被童年治愈；不幸的人，一生都在治愈童年。"在很长一段时间里，我都觉得自己是那个不幸的人，并且可能一辈子都无法走出这种不幸。

父母的争吵占据了我童年的大部分记忆，仿佛任何一件小事都可以成为"战争"的导火索。我听着那些刻薄相向、声嘶力竭的话，对爱情、婚姻、家庭这些事充满怀疑。

这粒怀疑的种子种在我心里，越长越大枝繁叶茂，最后以浓重的阴影投射在我人生的每一处驿站：我不知道怎么处理亲密关系，和父母的关系长久地紧绷着，悲观地认定自己不可能幸福……

后来，一位朋友对我说：你有没有想过，正因为你曾经历这些并且深受其伤，你才永远不会成为那样一个人，如果你有一段亲密关系，你绝不会让它被尖锐的争吵和相互指责笼罩；如果你有一个家庭，你绝不会给你的孩子制造出你小时候置身的环境……那些你一生都在害怕和避免的问题，其实是你的引导，引导着你不做什么样的人，不说什么样的话，引导着你该如何矫正自己的人生。

因为这段话，我第一次尝试去打开自己，去接纳善意，去经营感情，去维护幸福，然后发现，我做得不错。在这种正反馈里，我一点点恢复了信心——这世上有很多很美好的感情，我也可以是它们的拥有者。

至此，我和我的童年、我的家庭、我的父母、我自己，一一和解。

人生的复杂，命运的深沉，个体的差异，都给予我们太多需要和解的命题。所谓和解，当然不是自弃，不是一句颓丧的"算了，就这样吧"，而是真正地理解和接纳自己的轨道，按照自己舒服的方式去生活，去收获。

有一段话这样说：我吃东西越来越清淡，对待人情世故越来越宽容，不乱发脾气也学会了忍让，慢慢地有了一颗成长的心。也开始害怕听到任何与病痛有关的事，最大的心愿变成了全家人身体健康。相比一两年前迫不及待要去看远方的心，现在的我更喜欢花时间在温柔灯光下和妈妈一起吃完一餐饭。

你可以说这是成长，但成长就伴随着和解。

生活不可避免有许多遗憾，但当我们真正了解和接纳自己后，做出的决定和判断才较有意义，也较使人不后悔，内心的充盈和满足便在一个个这样"有意义"和"不后悔"中建立了起来。

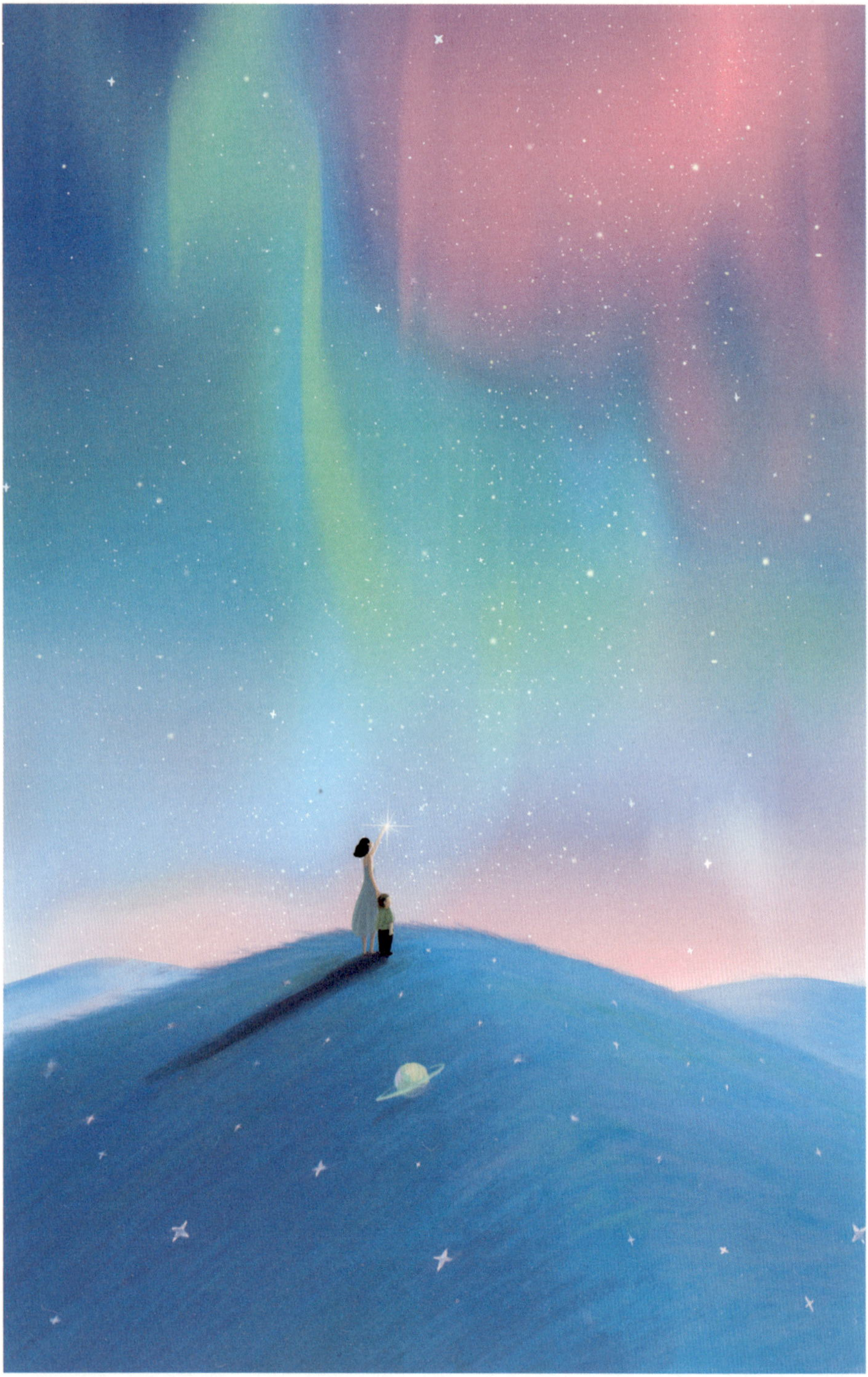

你的善良，需要一点锋芒

人生是边走边悟的过程，有些道理要经历生活的千锤百炼，而后懂得。有些话，或许不那么悦耳，却能帮助我们正视自己，让我们在看待世界时，多一个视角，多一重思考。

情绪波动时做的决定，大多是用来后悔的

一个人成熟的标志之一，就是整理内心秩序的能力，能够把内心激烈无序的情绪波澜变成相对有序的部分，能够在情绪崩溃的边缘将自己重新拉回来，回归事实层面的因由，诚实地辨析对错。这种心理能力，值得我们一生巩固和练习。

当自己被情绪捆绑的时候，先走出来，再做决策，总会是一个稳健的策略。

人的善良要有尺，人的忍让要有度

与人为善，谦卑礼让，是好事。但没有边界的心软，只会让索取者得寸进尺；毫无原则的退让，只会让欺凌者为所欲为。

你的善良，必须有点锋芒。如果你习惯了沉默，习惯了委屈自己，习惯了不拒绝所有人，便会忘记其实你可以有态度，可以有底线，可以有属于自己的不被打扰的生活。

人之所以自以为是，是因为知道的太少

有句话说："一个知识越贫乏的人，越是拥有莫名其妙的勇气，和一种莫名其妙的自豪感。"因为，知识越贫乏，相信的东西就越绝对，很难吸纳、兼容与自己相对立的观点。

我们鼓励"读万卷书，行万里路"的意义，恰恰在于丰富自身对他人与世界的理解，看到更多的"不一样"，明白浅显表面背后的"复杂多元性"，不因褊狭做出以偏概全的妄断。

时刻记得自己年纪尚轻、阅历尚浅，谨言慎行是因为生活的赐教：没有一件事情，像想象中那样简单。

很多事情，要学会接纳遗憾

生命怎么活都会有遗憾，关键在于我们怎么去自洽，与这个遗憾的部分和解。

接纳遗憾，不代表我们做得不够好，反而是一种智识上圆熟的表现，即意识到遗憾也是生命的一部分，它让我们的成长更完整，它让激励时刻潜伏在我们的心灵中，帮助我们认清现实、重整旗鼓，在"下一次"完成得更好。

生活不需要用力过猛，慢慢走，才能看到风景

在长时间高强度的努力下，人的身体和心理都会发生很大变化，这个时候，需要放慢脚步，让生命有所停顿，让心灵有所沉吟。

读一些无用的书，做一些不急功近利的事，花一些不紧张的时间与喜欢的人守在一起。当生命的时针有张有弛、疾徐有致地行走的时候，我们的日子，才会回归生活的本真。

焦灼与不安，是身体释放的信号，提醒你尽快调试和外部世界的关系。慢下来，没有关系的。在自己的时钟里，我们同样有超越自己的机会。

原来真的是我想多了

　　生活里，我们常常会因为别人对我们的看法而惴惴不安，认为别人"会把我的缺点放大甚至加以嘲讽"，但心理学家的实验却表明，人们往往高估了外界对自己的关注程度，在你做了一件你自以为的"蠢事"或"窘事"后，其实并没有那么多人注意到或放在心上，是你自己给自己制造了一些"假想观众"。

讲述者丨临海

　　大一时第一次上台做演讲报告，特别紧张，整个过程觉得自己表情抽搐、声音发抖、语无伦次，下来之后难过得哭了，觉得肯定全班都看到了我的丑态。后来很长一段时间，我对公开演讲都有心理阴影。

　　直到大二有一次做小组作业，要选一个代表上台做演示，居然有一大半人推荐了我，说我之前的演讲挺好的。我特别惊讶，印象里自己当时紧张得脸都扭曲了，但他们都说完全没有印象，就记得我当时提了个什么观点挺好的。

可能有时候，真的是自己想太多了，"世上本无事，庸人自扰之"。

讲述者｜芸

很多人应该都有这种经验：你换了一个发型，或穿了一件新衣服，觉得同学或同事应该会注意到，一整天都暗暗期待别人会突然跟自己说"啊，你换发型啦"或者"你的新衣服好漂亮"之类的，但常常是没有人注意这些的。

我刚喜欢上汉服的时候，特别不好意思穿出去，觉得路人肯定会盯着我看，还会指指点点地讨论。后来真的穿汉服上街，发现其实并没有什么人盯着我看，哪怕路人偶尔讨论几句，也是很随意的那种，并不会有什么压力。

就是说，不管你是希望被注意还是害怕被注意，实际情况可能都是：完全没有人注意。

讲述者｜佐佐希望每天都快乐

有一次我上完厕所，不小心把裙子后摆扎进了裤袜里，就那样大摇大摆走回了工位。等我发现的时候，整个人都快崩溃了，一直在想一路上有多少人看到了，我的形象全毁了，他们肯定在背后当笑话一样到处讲了……

更可怕的是，后来每次开会，我要发言的时候，心里都不禁会想，这里面可能就坐着当时看到我出丑的人。这种想象特别可怕，搞得我有一阵子班都上得不自在了。

后来我还是想通了，且不说到底有没有人注意，就算真的有人看到了，又怎么样呢，这也不是什么大事吗，我没有必要因为一些胡乱的想象而一直把自己埋在尴尬里。

这件事给我的一个小提示是：不必苛求自己在他人眼里是完美的，这会折磨自己，平白增添许多压力。

讲述者 | Camille

第一次跟我老公（当时是我心心念念的"男神"）约会的时候，脸上长了一颗巨大的痘痘，搞得我非常郁闷，约会的时候全程心不在焉，一直低着头，生怕被注意，最后草草结束了约会。后来我们聊起这个，他根本不记得当时我长了痘痘，就觉得我那天特别不像我，很不耐烦，好像不想和他待着似的。

你看，你在那边小心翼翼扭扭捏捏的，人家根本没放在心上，他们在意的反而是"你怎么不做你自己"。

讲述者 | 丁可乐

曾经在一个聚会场合说了非常不合适的话，让一位朋友当众陷入难堪，察觉到之后，虽然很真诚地道歉了，也获得了对方的谅解，但心里一直过不去这个坎，慢慢发展到不知道怎么面对他的地步，开始很刻意地回避他，关系也因此疏远了。后来还是他主动找我，问我怎么了。我跟他说了之后，他大笑说，那件事他早就不放在心上了，让我不要耿耿于怀。我这才卸下心头重负。

这件事对我一直是个提醒，一方面提醒我言语会伤人，说话要三思；另一方面也提醒我，在我们做了错事或傻事的时候，可能会觉得对方会怪罪或嘲笑我们，但人们实际上比我们想象的要宽容得多。很多时候，真正苛刻的并不是别人，而恰恰是我们自己，我们比别人更关注自己的错误，也更难原谅自己的错误。自省是必要且必需的，但不要给自己造心牢。

请大胆去生活

我们每个人，都或多或少经历过一些"出丑"的时刻：可能问了一个愚蠢的问题，可能做了一件不合适的事，可能当众摔了个四脚朝天……很多人对此无法释怀，觉得那些丑态百出的样子会成为别人永远的笑柄，觉得他人的每道目光都在审视，甚至讥讽自己。于是我们小心翼翼地注意自己的言行，时刻提醒自己保持最佳状态，防止再次落入同样的境地。这不仅会让我们越来越不像自己，更让我们十分疲累。

其实，人们往往高估了周围人对自己言行和外表的关注程度，这在心理学上被称为"聚光灯效应"——我们认为自己处于聚光灯下，被很多人注视着。这常常让我们夸大了自己的重要

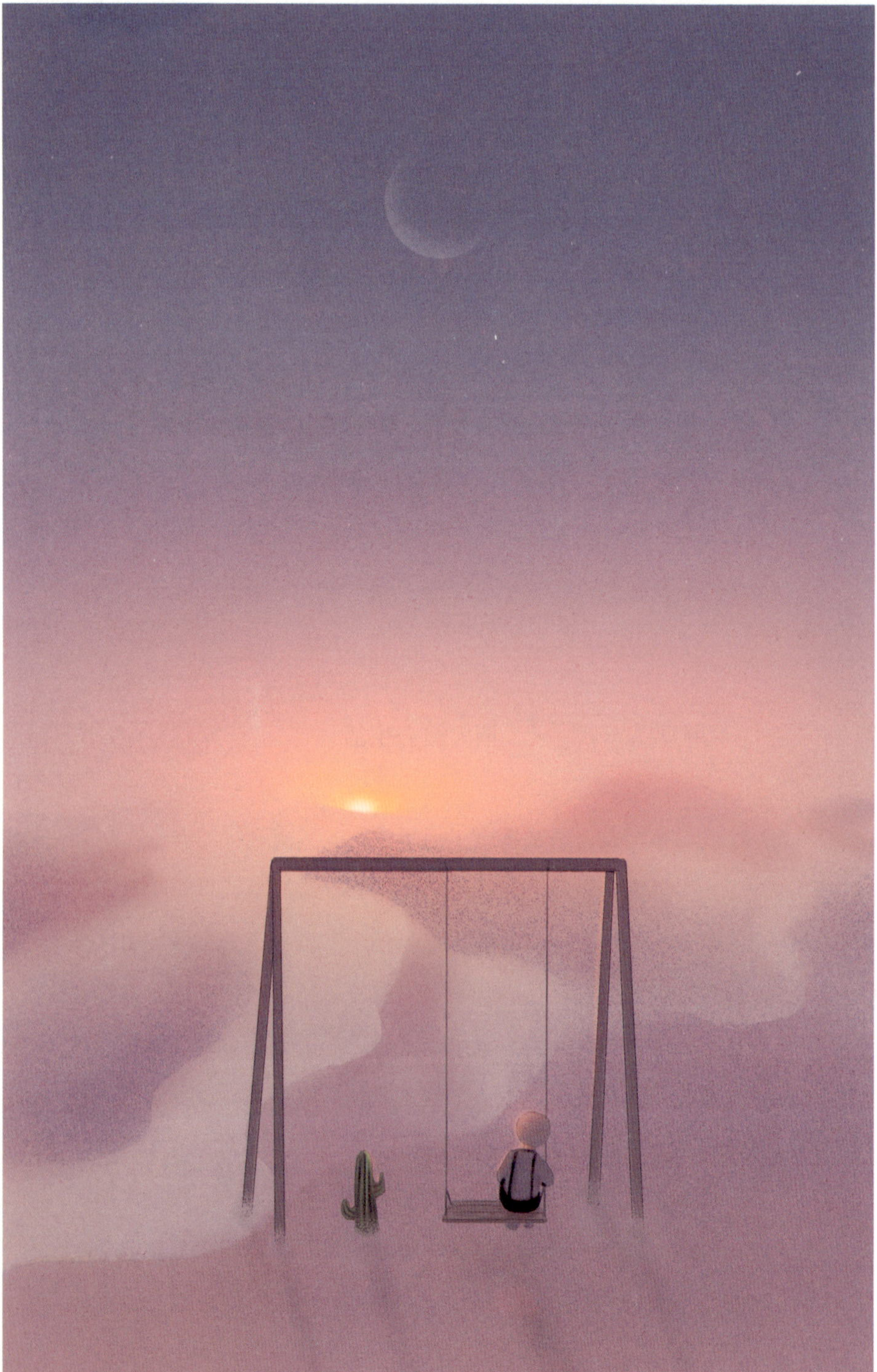

性，但实际上，你眼中的你和别人眼中的你有着很大差别，别人可能并没有你想象的那么在意你。

如果你不相信，可以试着回忆一下你身边的人犯类似的错误是什么时候，是不是几乎记不起来？"你会发现，记住别人的错误比记住自己的错误要难得多，既然在你身上是这样，在别人身上同样如此。"

普通人的生活没有那么多观众，就算有，那些观众也不对你的人生负责。明白这一点，我们可以更好地从别人的眼光中跳出来，不再把精力放在揣测别人对我们的看法和评价上，而花更多时间去倾听自己内心的声音，更大胆、更自如、更舒展地去生活，去做自己。

这个真实的自己哪怕不够完美，也一定更自由和可爱。

你需要一点儿油,但不是腻

有很多刚入职的毕业生都曾向我们倾诉各自在职场遇到的烦恼,于是在这本书里,我们邀请了四位有着十年以上从业经验的行业佼佼者,分享自己一路走来特别受用的职场心得。

因为也曾经历,所以感同身受。因为都扛了过来,所以深有感触。

有些轻车熟路,必经山重水复柳暗花明。有些"冤枉路",他们捱过来了,就想后来的年轻人不必再受这苦。

讲述者 | 大策

怕你说"听过太多道理,依然过不好这一生",那我就分享一个确实让我好过起来的道理:闯荡社会其实需要一点儿油,但不是腻。

走入成人的世界,你会发现很多事情都不像学校里的规章制度一样明摆浮搁,很多无法用语言表达的逻辑与规则是需要你用心观察和感悟的。适应得快,就会在三十岁前最黄金的时间完成蜕变和提升从而受益终身。

当面对这些改变的时候，需要油一点儿，来润滑你和周围的人与环境，而不是用你在茧房里的见识去硬碰硬。这个"油"，保护自己也愉悦他人，会让有关于你的工作合作都更顺滑一些，而不是人为较劲。

当然，油多了就会腻，要把握好度。更多是为人处世的圆润，而不是表里不一的腻歪。到什么时候也不要忘了初心，知世故而不世故，最大限度地忠于内心，简单善良，长远看会收获更多。

讲述者｜小伟叔

工作这件事就像恋爱，要想幸福，千万别凑合。

刚刚从学校走上工作岗位，除了学习所必需的工作技能——那些书本上、学校里不曾教过的经验；更重要的则是观察：观察周围的环境、周围的领导同事、自己要处理的工作和要面对的客户。

虽然工作的内容会有点陌生，新的环境会让你拘谨，但是你还是能够回答：这个工作是不是让你感到新鲜和愉悦？是否有兴趣去提升自己，探索更多可能？未来是否还愿意融入这个工作团队？周围是否有值得你学习、敬佩的人？

如果对这些问题的回答是肯定的，恭喜你，找到了一个适合你的工作！请保持热情去学习去探索。如果对这些问题的回答大部分是否定的，那么你可以再继续观察一段时间。一段时间过后，回答仍然没有变化：你觉得工作乏味无聊；不想面对领导、同事、客户；对于工作只想逃避，看不到未来，完全不是自己想要的生活。那么，我或许要劝你换一个公司或岗位去试试。

其实工作跟打羽毛球、跳舞、养花一样，只有喜欢才会热爱，才会想要提高，做到更好。一份你不喜爱的工作，就像包办婚姻一样不会有激情的涟漪。做一天和尚撞一天钟，无异于生命的内耗。

当了医生不想面对病人，当了老师不想走上讲台，做记者对现场毫无兴趣，不仅是对自己生命的浪费，更是对社会他人的不负责。所以，你所从事的工作，一定要是你热爱的、你愿意坚持的、你乐于付出的，只有这样，才会在工作中找到成就感，跟周围同事打成一片，而工作中的难题也只是暂时的波折，因为你坚信一定会找到解决办法，每一个任务的完成也都会给你注入满满的能量。这样的工作才值得你的青春托付，否则，请勇敢去追求更适合你的。

讲述者 | 晓弦儿

听说你还在迷茫，我现在看到的变化最大的人，都是坚持下来的人。专心又坚持。专注力，是我认为在职场中，包括生活里，面对问题很重要的一种能力。

大多数时候，我们踟蹰不前，彷徨失措，是因为缺少一种对目标的确信，或者还没有找到目标。一旦找到后，就要专注进去，不计得失，全力以赴。如果目标是灯塔，那么行动起来，则是化解一切忧虑、担心、惘然的法宝。

不要担心走冤枉路。更不要怕麻烦，怕失去。在我们刚刚开始的道路上，一切都有可能，要行动，要坚持，最怕左顾右盼而原地不动。一切努力都会算数，会在忽然的时候显现。这就是积跬步致于里，或者是柳暗花明又一村。

做有心人，也做行动者。在没有方向，迷惑的时候，更要做具体的事，哪怕是最最最普通的小事。尽量不抱怨，在事情中去寻找乐趣、空间、专业性。一旦专注在事情之中，会有很多快乐，也能避开许多不必要的烦恼。专注有很大的能量的。即便不被重视，看起来没有施展空间，也可以在微小的范围内，创造一番自己的小天地。天地一开，机遇就来了。

讲述者 | 张诚

当你不知道往哪里走了，就往你自己的心里走。

刚刚走出"象牙塔"，我们常常会在一些艰难选择面前不知所措，这太正常不过了。在纠结时，我们可以试着往自己的内心走，让内心告诉我们该如何抉择，而不是追随别人的步伐。回过头来，你会发现，自己走的每一步，都算数。

我一直相信每个人都有属于自己的天赋和热爱，有时，它们并不好找，但请不要放弃，寻找的过程也是发现自己的过程，说不定哪天你就找到了呢。从那天起，你将开始定义你自己的人生，毕竟，你是独一无二的。

能找到属于自己的方向，已经很棒了。然而，接下来的路还很漫长，"一万小时定律"你可能听过，是的，有人会质疑

"一万小时定律"太过绝对，可是，没有这"一万小时"，当运气来临时，你又怎么确定你能接得住那份好运呢？这一路，你一定还会遇到各种岔路口、各种诱惑，这时，你的选择可能决定了你能否达到卓越，所以，坚持、坚持、再坚持！

最后我还想分享一点，从更长的时间维度来看，工作中某一刻的起起伏伏都不算什么，它们只不过是你人生的一个个逗号，你要书写的，是以你名字命名的"人生长卷"。想清楚这一点，或许你也就更明白往哪个方向用力，而不是沉浸在自己的情绪中无法自拔。最后的最后，请别忘了在书写你的"人生长卷"时，将善良、真诚作为底色。

你不是不优秀，只是还没等到你的时间

"当你背单词时，阿拉斯加的虎鲸正跃出水面；当你算数学时，南太平洋的海鸥正掠过海岸；当你晚自习时，地球的极圈正五彩斑斓……"

这段话在网上流传多年，激励了无数想通过读书改变命运的学子。

走红的不只是句子，更是深层次的理解与共情。这篇文章，我们亦准备了五点建议，送给每一个正处迷茫时期的你。要知道，我们都曾是懵懂的少年。

知识是一个人最大的底气

这个时代，知识如此丰富，"如果不读书，思想贫瘠，怎么去触碰一个灵魂？观点那么偏颇，怎么去塑造正确的价值观？"

读书是我们获取知识最便捷的小路，无论是开心还是失意，顺境还是逆境，都可以借由读书从纷杂扰攘中撤离，闪躲进精神的角隅，寻求心安与平静。古人说，"静能生慧，慧能生智"。你读过的书，也许不能马上经世致用，却能潜移默化地影响你的

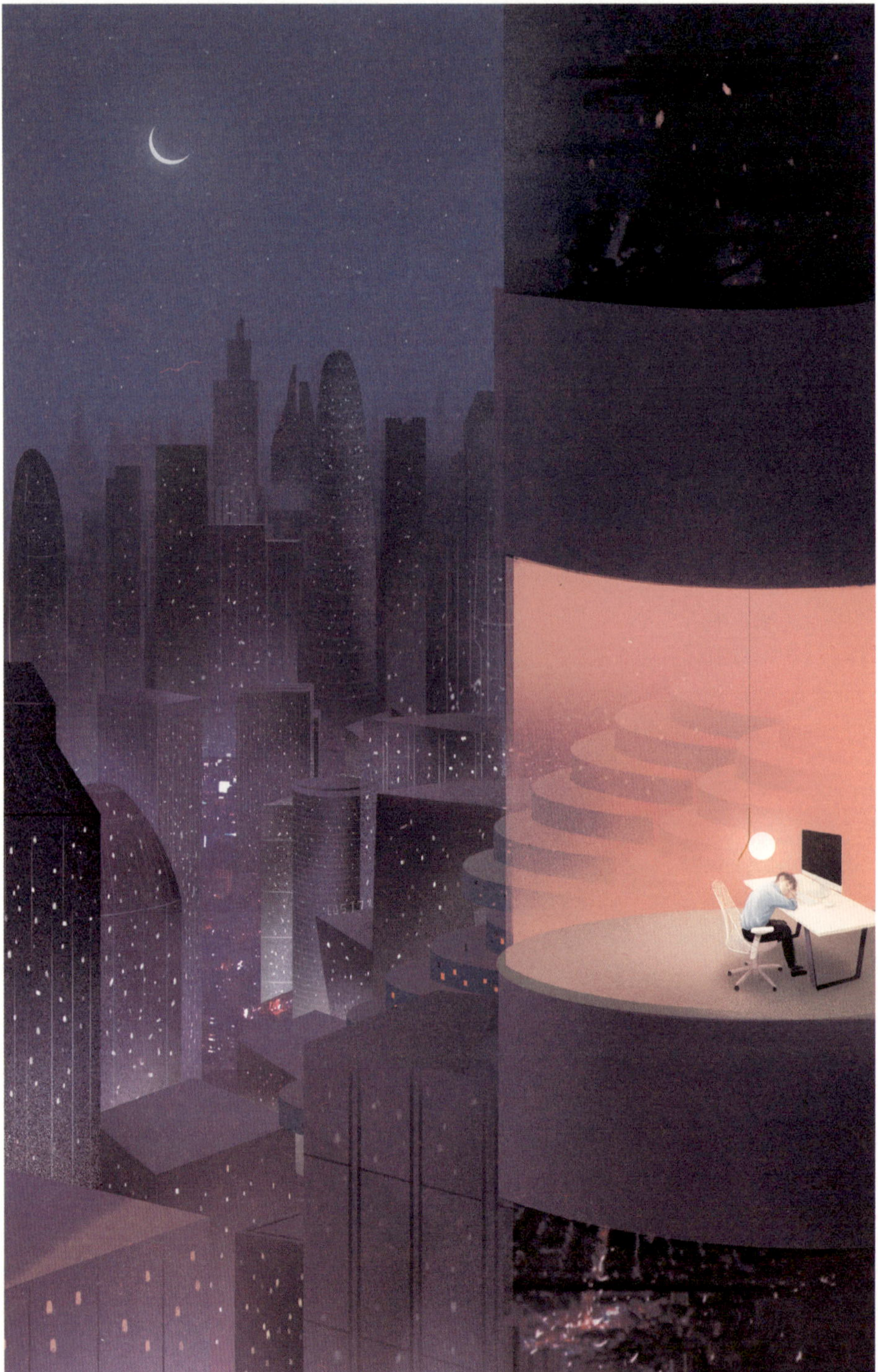

思维、眼界、气质与谈吐。积累得越多，心灵的涵容度越广，有朝一日时机所需，调用起来才能信手拈来、如鱼得水，不致落得"腹内原来草莽"的窘迫。

多读书吧！这是一句会让人耳朵起茧却大道至简的老话。读书不是一日之功，兴致所至读一两本无法旁征博引、舌灿莲花。一定要在无数个日夜，啃读无数本书，不断浸润、思考、输出，才能厚积薄发、举重若轻。

好的表达是观点输出的利器

日常生活中，我们常常会羡慕那些表达能力强的朋友或同事，语言在他们的嘴中，仿佛是自由碰撞，流淌出闪亮的、幽默的、深刻的、足以打动人心的句子。

"真正会表达的人，一开口就赢了。"表达，不能词不达意，也不能言不由衷，它应在"传情"与"达意"之间找到好的平衡，以真诚为基础，以准确而不失质感的语言、客观而不失主见的态度、自信而不失共情的亲和，将观点得体、有效地输出。

好的表达能大大提高一个人的可信度和魅力，我们的事业、家庭和自我认知也会因沟通力的提升而受益。平日里，有意练习自己的交流能力。毕竟，人不仅要有实力，还要善于展示自己的实力，在人生的重要时刻，不输在表达上。

做喜欢的事才是最好的运气

人生短暂,选择你热爱的,选择你认为有意义的去做。因为热爱,是所有理由与答案,是催生灵感与激情的长久之道;唯有热爱,才能导向一种充满活力的精神状态,充盈、踏实且后劲十足。

如果将才华比作一件银器,在热爱的擦拭下,那些被遮蔽的光泽才会慢慢闪耀出来,焕发出本质上最生动美好的模样。

只要你还爱着点什么,只要你心中还燃着追求的热心,只要你每天依旧诚恳地劳作着,一日有一日的投入,生活自然会结出它的果。那些你觉得看不到的人和曾经向往的风景,都将朝你加速奔赴。

逆境也不舍心中的理想主义

在快节奏、物欲纵横的时代,人总是要守住心中理想主义的篝火。你或许"如小草一般平庸,但内心有大江大河,眉宇之间有山川,胸怀里有沟壑"。你就和别人不一样,你的浪漫会滋养你的性灵,也会在将来的某一日馈你以慷慨。

即便现在不被看好,遭遇困顿,但抱持坚定的理想,一步步打怪升级,最终也能逆风翻盘。时刻提醒自己:"你的美好,你的优秀,你的不甘平凡,你的宏图伟略,需要时间给别人看见。

你不是不优秀，只是还没有等到你的时间而已。"

经历过苦厄才有对生命和机会的加倍珍惜，与不堪狼狈交手过才能比常人更加热烈地追求希望和幸福。在时光的洗练中，我们终将以痛茧为铠甲，以梦想为旌旗，勇敢执着地走下去。

不要说赛道不值得奋斗，而要看能力是否足够

昨日之你，可能是领风气之先的弄潮儿，世易时移，今日之你可能已被后浪追赶，失去风发与得意。是缴械投降，还是重整旗鼓再战再超越？不同的举措，不一样的故事结局。

这个世界上，没有一成不变的安稳，也没有焊定的成功模板，唯一能确定的是变化。我们要有应对任何局面的胆魄与经验，通过脚踏实地的努力提升应时的本领，一点点扛过寒露，涉过严冬。

或许，有时候，你会觉得坚持没有用，看不到曙光。但是如果把人生放在更长的时间维度去看，会有用的。你需要的是耐心，是不馁与坚信，黎明之前只要再熬一点点时间，天将放亮。

变化的是风雨时令，不变的是韧劲与初心。愿我们都能踏浪前行，骑鲸追梦，在故事的尾声收获自己的圆满。

到了一定年纪，拼的是扛事的能力

人生最清晰的脚印，往往在最泥泞的路上。

那些一再试探你的痛楚和失败，那些让你陷入迷途惶惶不知去路的时刻，那些削弱你的斗志企图打垮你的人与事，某种意义上，是你生命中最有力量的老师。

你真正能做成的事，往往隐藏在你的挫败感中

有人问作家郑渊洁：快乐是什么？他回答："是两次痛苦之间的中场休息。"

与短暂的欢乐相比，挫败感更像我们的朋友。这个世界上，也许会有幸运的人，不需染太多风霜即可抵达目的地，但顺风顺水者终归寥寥，多数人需要通过在痛苦与挫败的不断试炼中，用重复的、不知是否有意义的努力去兑换未来。

村上春树曾经写过一段话，很好地诠释了挫折的意义："年

轻的时候经历这样一些寂寞孤单的时期,在某种意义上是有必要的。这就和树木要想茁壮成长必须抗过寒冬是一样的,如果气候老是那么温暖,一成不变的话,连年轮都不会有吧。"

挫折不会主动说话,却常在暗中助你成长。敲你以警醒,学会用深刻的视角审视生活,知晓人真实的境况,不被表面的热闹迷失自我;奖你以成事的机会,尽快走出舒适圈,去风雨里修炼务实的本领;赋你以真正的自信:眼前虽是一片触目的废墟,但是,只要站起来了,此后再没有人,没有任何事情,轻易能把你推倒、打败。

挫折更是一种增士气的预言:昨日的你,承受的有多深;来日的你,荣耀就有多高远。

允许一切发生,接纳生命的全部

在充满不确定性的世界中成长,要有一种平常心,叫"我愿意接受命运全部的波折"。轻微沉重,起伏跌宕,都能坦然处之。

这份接受,不是随波逐流、任由安排的自暴自弃,而是经历了一些事情、积淀了一定经验后,拥有了更强大的处理、化解事情的能力,进而建立起对生命更深层次的认知:我允许任何事情的发生。我允许,事情是如此的开始,如此的发展,如此的结局。我不再以"为什么"一遍遍质问命运,企图索要一份能够被安慰的答案；不再声嘶力竭地抱怨发泄，以期获得他人的怜悯与同情。

"人生在世，注定要受许多委屈。若想让自己的生命获得价值和炫彩，就不能让它们揪紧你的心灵，扰乱你的生活。"

挫折来临时，浪费情绪不如笃志力行，抱持"莫听穿林打叶声，何妨吟啸且徐行"的旷达超逸，把痛苦涵容进生命经验，而后，带着乐观豁达的心，继续走好脚下的路。

纵是前方崎岖坎坷也不怕。再难，低谷中的每一步，也是向上的一步。

一时，并不决定人的一生

人的一辈子是长途马拉松，不是短跑，某一段路走慢了不代表一生都会失败，某一段路跑得快也不代表最终一定能拿到好名次。如电影《功夫熊猫》里的台词所说："你的人生故事，开头也许充满坎坷，不过这并不影响你成为什么样的人。关键看你后来的人生路，选择怎样走下去。"

如果此刻的你，挑灯夜战却只换来中下成绩，工作中使出浑身解数却收效甚微……请不要在郁郁丧气中怀疑人生，更不可就此放弃。"且视他人之疑目如盏盏鬼火"，调整状态，蛰伏蓄力，不在情绪的死胡同里打转，积极寻求走出困境的方法。以智慧、以意志、以骄傲的心气熬过这段暗夜的时光。

一时不如意，不代表来日无风光。只要耐得住考验，你承受的所有痛苦，都会成为对抗困难的利器。当你回头再看，会哭会笑，会想要说一声"谢谢"，给万难当头依然撑下来的自己。

借一段网友的热评送给每一颗此时低落的心："把所有的夜归还给星河，把所有的春光归还给疏疏篱落，把所有的慵慵沉迷与不前，归还给过去的我。明日之我，胸中有丘壑，立马振山河。"

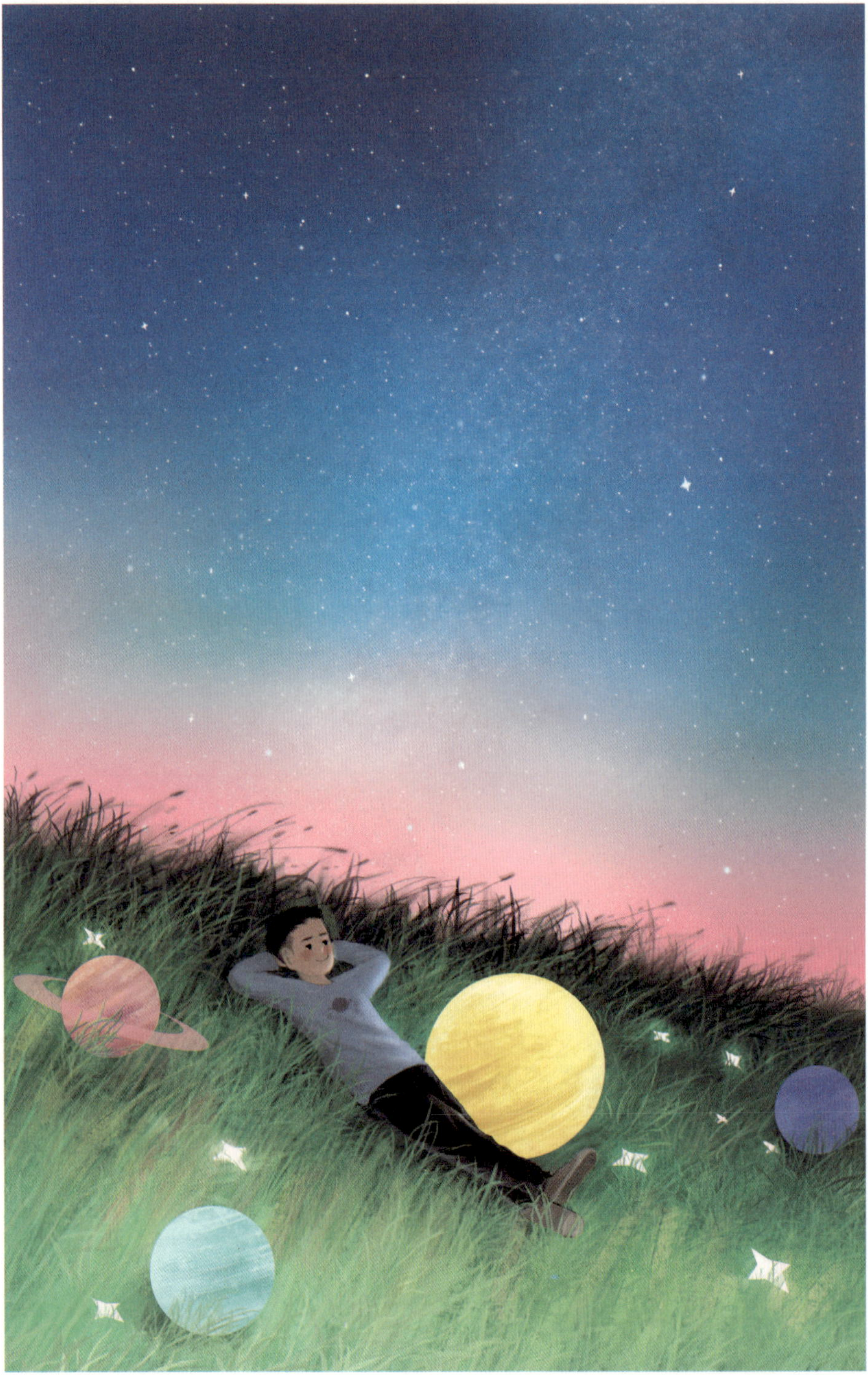

自从学会这些事,我轻松多了

经常有读者在深夜给我们留言,分享自己所面临的困境:有对亲密关系感到恐惧的,有对个人发展感到迷茫的,也有的只是零碎的关于"生活之累"的倾诉……

是时候,做一些积极的改变,当你开始调整自我,也是在为静寂的生活注入新鲜的"活水"。

开始活在当下

这世界纵然广大,我们所能感知的也只是其中的一小部分。而在这渺小的部分里,无常与波动也会随时光顾,我们所能做的,是用心活在当下,哪怕它看似寻常,哪怕它只是无数个类同的日子里毫无特色的一天。

散步、看书、小憩、晒太阳、洒扫庭院……这些组成日常生活的构件,平平无奇,却能在陪伴中给人心温暖而深的疗愈。"生命中的每一霎时间,都是向永恒借来的片羽。"一个能守护好微小日常的人，才是真正看透生命本质、触碰到幸福真谛的人。

开始珍惜已经拥有的东西

我们总以为自己要拥有了某样东西后，才会心满意足。却又总在得到后，膨胀出新的贪慕。于是，我们将生活的筹码越来越多地押在敛取、索求上，已经拥有的反而进入了我们的感受盲区，被忽视，被遗忘，被轻慢了意义。

要知道，旧者曾新，新者会旧。盲目地占有，令人迷失在混乱无序的欲望与无谓的攀比中，而无法在具体的生活里脚踏实地。很多时候，我们需要向前走，但比这更重要的，是回头认清自己在这个世界中的位置，弄明白什么是浮光掠影，什么是真正拥有。

开始更多地帮助附近的人

好像时不时就会听到这样一种说法：现在社会邻里间的连接感变弱了，大家都忙着在自己的生活里奔走，渐渐变得冷漠和自私。但事实真的如此吗？疫情期间，我们看到了太多邻里互助的温暖与力量，那些生活在我们自己生活圈子附近的人，在没有血缘关系的前提下，伸出援手，纯粹地释放着人性的善和美。

善良不必很大很广，它可以就发生在你我的身边或附近。在别人难过、失意、窘迫时，主动上前拉一把，想必难也能减一分，苦也能淡一点。

开始守护最重要的关系

只有领受过离别与幻灭，才会知道于自己而言，什么关系才是真正重要的，是需要你拿出真心去守护的。

你不可能对所有人一视同仁，只有少数人值得你投入时间和精力。在纷乱的人际关系网中，筛选并确定出真正重要的，然后在他们身上交付你的真情。

开始对自己的内心诚实

我们都知道诚实的可贵，却又都擅长自欺欺人；习惯了人云亦云，反而不适应摘下面具的生活。你有多久，没有和自己诚实地聊聊天了？

堆积的假面常常让我们忘记了自己是谁，本质被遮掩，内心的呼喊被消音……人生短暂，让诚实的生活成为一种不能再拖延的迫切，正如作家马尔克斯所说："我们需要的是按照自己的意愿行事，饿的时候才吃饭，爱的时候不必撒谎。"

对自己足够诚实，才能摆脱人海中"表面的相似"，找到那条属于自我的正确的道路。

开始学会和解与自洽

"人生的暴风雨和自然界的一样多，来时也一样的突兀；有时内心的阴霾和雷电，比外界的更可怕更致命。"

和解与自洽，就是让我们学会放下痛苦的纠结与无意义的执着，为淤堵的心灵修一座疏解焦虑的水渠。随着时间的流逝，我们的胸怀和眼界也会跟着扩容，过往的种种，终究是要看宽看淡一些。

开始专注于你可以控制的事情

当你发现自己无力招架太多冗杂的事务，无法在扑面而来的任务前保持积极的状态，不妨主动舍弃，把有限的专注力放在那些能给你带来胜任感体验的事情上。

有勇气去改变那些可以改变的事，有度量去接受那些不能改变的事，并且有智慧去区别以上两类事情，是掌控自己人生的开始。

开始为自己立一个小目标

  目标是当代生活的锚,有事情做,有梦想立着,有整段时间投入创造,日子乱不到哪里去。朝目标行进的过程,不仅能以劳动的充实对抗空虚和缺憾,还能为我们整个人提振士气。

  像农夫在春天的土地播种,去生活的园圃种下一个目标吧。四月的耕耘,八九月会给你答案。

活得通透，是一种生命力

什么是通透？

是体会过人间百味，依旧心中有爱眼里有光；是能够融入人群，又能自在独处；是看得明白拎得清楚，却不纠缠；是不跟别人过不去，也不跟自己过不去……

它是岁月最好的礼物之一。

通透是"一种较宽容，较玩世，同时也较温和的态度"

通透，也可视为成熟的一种，随着岁月的增长，曾经那些不可理解、不能原谅的，都随时间和解了；曾经那些纠结不已的、紧攥不放的，都在看开后松手了；曾经那些激烈决绝的、誓撞南墙的，也被经历镀上了一层柔光。

人生几乎是像一首诗，有韵律和拍子，它开始是天真朴实的童年，然后便是粗拙的青春。带着青年的热情和愚憨，理想和野心，达到一个活动较剧烈的成年时期。到了中年，性格圆熟了，像水果的成熟或好酒的醇熟一样，对于人生，渐抱一种较宽容、较玩世，同时也较温和的态度。

——林语堂

通透是"甑以破矣，视之何益"的不纠结不回头

《后汉书》里有这样一则故事：一个叫孟敏的人背着甑（zèng，古代炊具）在路上行走，不小心失手将甑掉到地上摔碎了，但他一眼都没看，头也不回地继续向前走。这一幕被当时的名士郭林宗（即郭泰，字林宗）看见，他问孟敏为什么看都不看就走了。

孟敏说，都已经摔碎了，再看又有什么用呢？

郭林宗觉得他的气度和格局都不一般，劝其四处游学增长见识。十年后，孟敏果真名闻天下，三公一起辟召，都不屈从。

生活中，若是碰上孟敏这般的糟心事，许多人往往难以释怀，对着满地破碎残渣懊悔不已，可囿于脚下，眼里就难见远方。人生最遗憾的事之一，就是轻易地放弃了不该放弃的，固执地坚持了不该坚持的。

通透的人，有能力拿起，也有智慧放下。

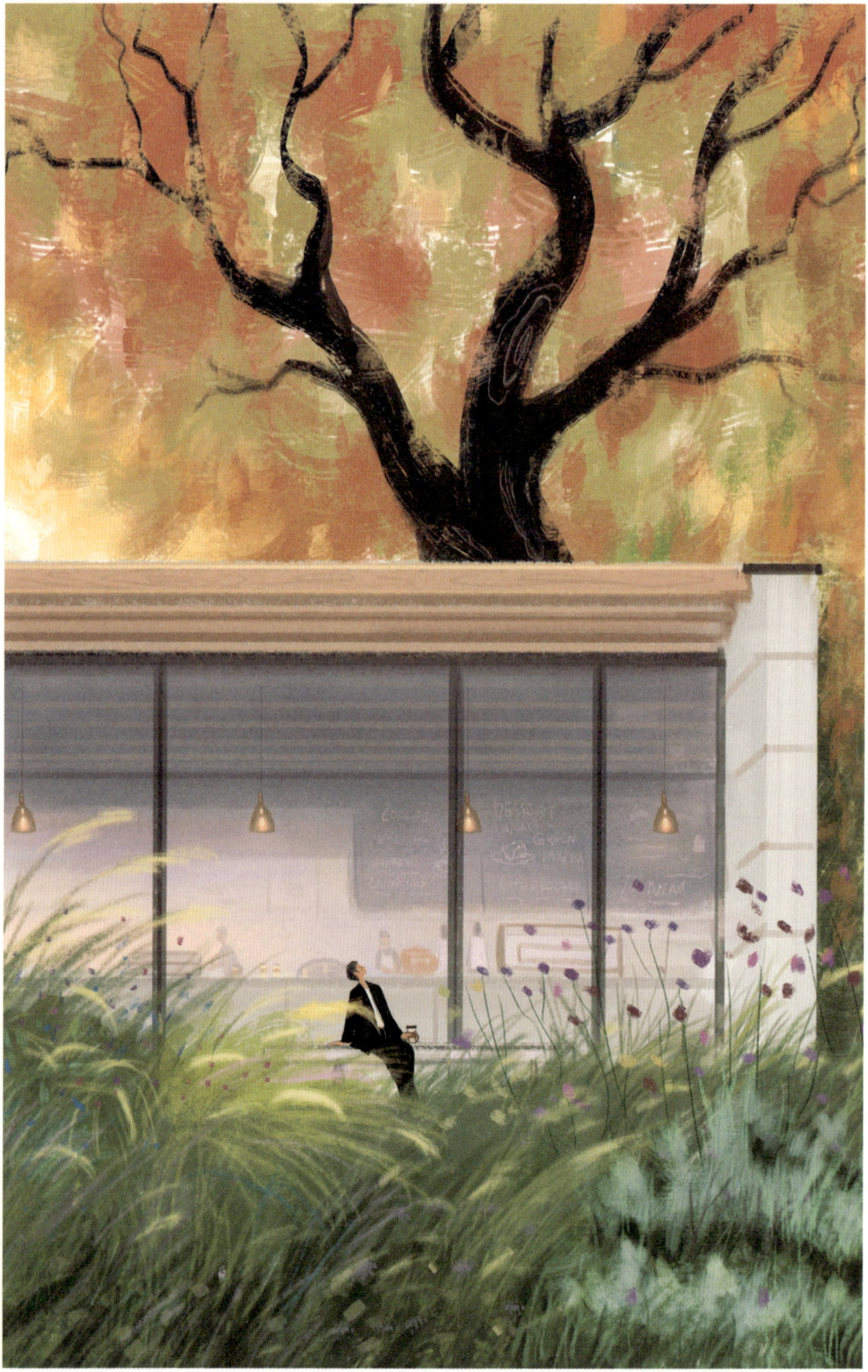

孟敏字叔达，钜鹿杨氏人也。客居太原。荷甑堕（duò，古同"堕"）地，不顾而去。林宗见而问其意。对曰："甑以破矣，视之何益？"林宗以此异之，因劝令游学。十年知名，三公俱辟，并不屈云。

——《后汉书》

通透是"世间竟没有不好的东西"的看开和适应

夏丏尊在《生活的艺术》里写过一则关于李叔同的轶事，那时，李叔同在宁波，最早是住在一个破旧的小旅馆里，夏丏尊见了他说："那家旅馆不十分清爽吧？"

李叔同却道："很好！臭虫也不多，不过两三只。主人待我非常客气呢！"

等他打开铺盖，夏丏尊看见他黑且破得不堪的毛巾，忍不住道："这手巾太破了，替你换一条好吗？"

"哪里！还好用的，和新的也差不多。"

再到吃饭，有朋友送了几样菜给他，其中一碗非常咸，夏丏尊又说："这太咸了！"

"好的！咸的也有咸的滋味，也好的！"

这大概便是活得通透的人，不管身处哪种境地，都积极适应，既看得开，也不矫情，哪怕是凡俗小事，也能体会其间美好。对他们来说,红尘万事皆美善,人间有味是清欢。

在他,世间竟没有不好的东西,一切都好,小旅馆好,粉破的席子好,破旧的手巾好,白菜好,莱菔(即萝卜)好,咸苦的蔬菜好,什么都有味,什么都了不得。

琐屑的日常生活到此境界,不是所谓生活的艺术化了吗?人家说他在受苦,我却要说他是享乐。当我见他吃莱菔白菜时那种愉悦的光景,我想:莱菔白菜的全滋味,真滋味,怕要算他才能如实尝得的了。

——夏丏尊

通透是回到孩童般的简单纯真

小孩子,清澈明朗又理直气壮,口无遮拦又从心而言,许多成人世界的忧愁烦恼,常常被孩子的一句话就消解了。这倒不是因为他们有多智慧,而是因为成人常常忘了如何简单。

不得不承认,我们有时候还没有小孩活得通透,这种通透,不是经历带来的成熟,而是回归简单的返璞归真。来看看一些孩子们的"通透之言"吧:

讲述者｜@可可er

"有时候我想不起我要说什么了，我就说：我爱你。"这句话来自一个五岁的小孩，真的震撼到我了。

讲述者｜@i笑的刘哈哈

我问一个小孩爱是什么。他说："爱就是小狗舔你的脸，即使你一天也没有理它。"

讲述者｜@rainydays

看到一个小孩的作业，问题是"我想说的话"，他写的是："我学了很多知识，交了很多朋友，老师表扬了我，从出生到现在没有一次丢掉幸福。"

讲述者｜@茶饼

"你不要一直敲门，别人会生气的。"小朋友的这句话，让我突然悟了：爱而不得的时候，再爱是不礼貌的。

讲述者｜@_沟通障碍患者_

教一个一年级的小男生画画，他涂色很慢，我对他说："在追求质量的时候，速度也要提上去哦，不然时间就会过得很快。"他说："时间过得再快，也是一分一秒地过啊。"

讲述者 | @甜0923

之前疫情最严重的时候，我上小学的弟弟在日记里写：人要是怕黑，就在白天记住世界的样子。

通透是哪怕"世人不知余心"，我心里安静着

曾有网友问历史学家许倬云，该如何过上一种有力量的生活？

有力量，大约也可以理解为思想丰盈不空虚，心有定力不随流。我们之所以会感觉"无力"，常常是因为想要的太多，想要的太多而又无法都抓住，自然就会无力、焦躁和烦乱。

而通透的人，会守住内心的安定，紧紧抓住最重要的那根主心骨，使自己可以在人生之海的狂风巨浪中不翻船。

存在于这世界上，你要有尊严，不屈服自己去求取荣华富贵，甚至只是求取一个更好的待遇。假如你的兴趣不在做医生，你不要勉强自己做医生，你兴趣在学文学，你可能穷一点，也想办法学文学去，你自己选择自己生命发展的方向。

但同时，有了不同目标之后，每个人的内心要充实什么呢？第一，充实靠输入素材，生活意义的素材。多看看别人讨论生活意义的文章，多看看文学作品，多读读好的诗词歌赋，多听听好的音乐，它们帮助你晓得世界上有这么美好的声音。

"世人不知余心",人家不知道我心里很快乐,我心里安静着。先求得此时的快乐不是很好吗?这个不是逃避,这是寻找自己心里安顿的境界。

——许倬云

活得通透,从本质上来说,也许是一种强大的生命力:看得清楚,活得简单;知进退,不纠缠;不与自己较劲,也不与他人较劲;无论身处什么样的境地,什么样的年纪,都知道如何安放自己。

顺其自然,于细碎的日常中寻得意义,通透的人生,又何尝不是如此?

抛开别人的眼光，把自己活成一束光

心理学上有个专有名词，叫"焦点效应"，说的是人们往往高估周围人对自己的关注度。在假想的布满虚幻目光的"舞台"上，给自己加戏，对别人的评价尤为在意，越期待越易焦虑，越焦虑越易失望，反而乱了分寸、迷失了自我。

日常生活里，你是不是有过这样的体验？

在一张与同事的合影中，你拿起照片第一时间找到自己，如果发现表情或姿态不理想就耿耿于怀，并默认这个形象会被所有同事看到且记住。

早上起晚了，因为着急出门没有化好妆，于是你感觉周围的人好像都盯着你看，都敏锐察觉到了你妆容的"异常"，一整天你都拘谨不自在，甚至怯于以面示人。

饭局上，为别人夹菜时不小心将菜掉在了桌子上，虽然大家谈笑风生好似完全没有发现，但你自己心里直犯嘀咕，甚至事后很长一段时间想起来都觉得不舒服……

说起来有点矛盾：我们似乎过于自信，认为自己是某种焦点，进而高估了周围人对自己外表和行为的关注度。我们又过于自卑，纠结于他人的反应，汲汲于他人的认可，不满于自己在他人眼中的表现。但事实往往是，你"费心琢磨"那么多，别人却没有你想的那么在乎你。

不要高估自己的重要性

按马斯洛的"需要层次理论"的解释，每个人在内心深处都有被人关注和尊重的需要，我们会假想自己处于"聚光灯下"，时时刻刻接受着他者的审视和评判。在这种心理暗示下，人就会不经意地把自己的问题放大，进而招致许多烦恼与痛苦。

别人真的有那么关注你吗？

其实，从现实层面来看，每个人都有自己的"课业"，仅是在生活的泥潭中摸爬滚打，已常感精疲力竭、无暇他顾。没有人会像你自己那样关注你自己，也没有人始终处于所有人关注的中心。

那些自以为是可以长久霸占别人心头的"重要度"，那些沉溺在自我感受中没有抬头认清生活的"孤芳自赏"，是不成熟且不适宜的。当你想通这一点，你的顾虑和担忧，才能得到释怀。

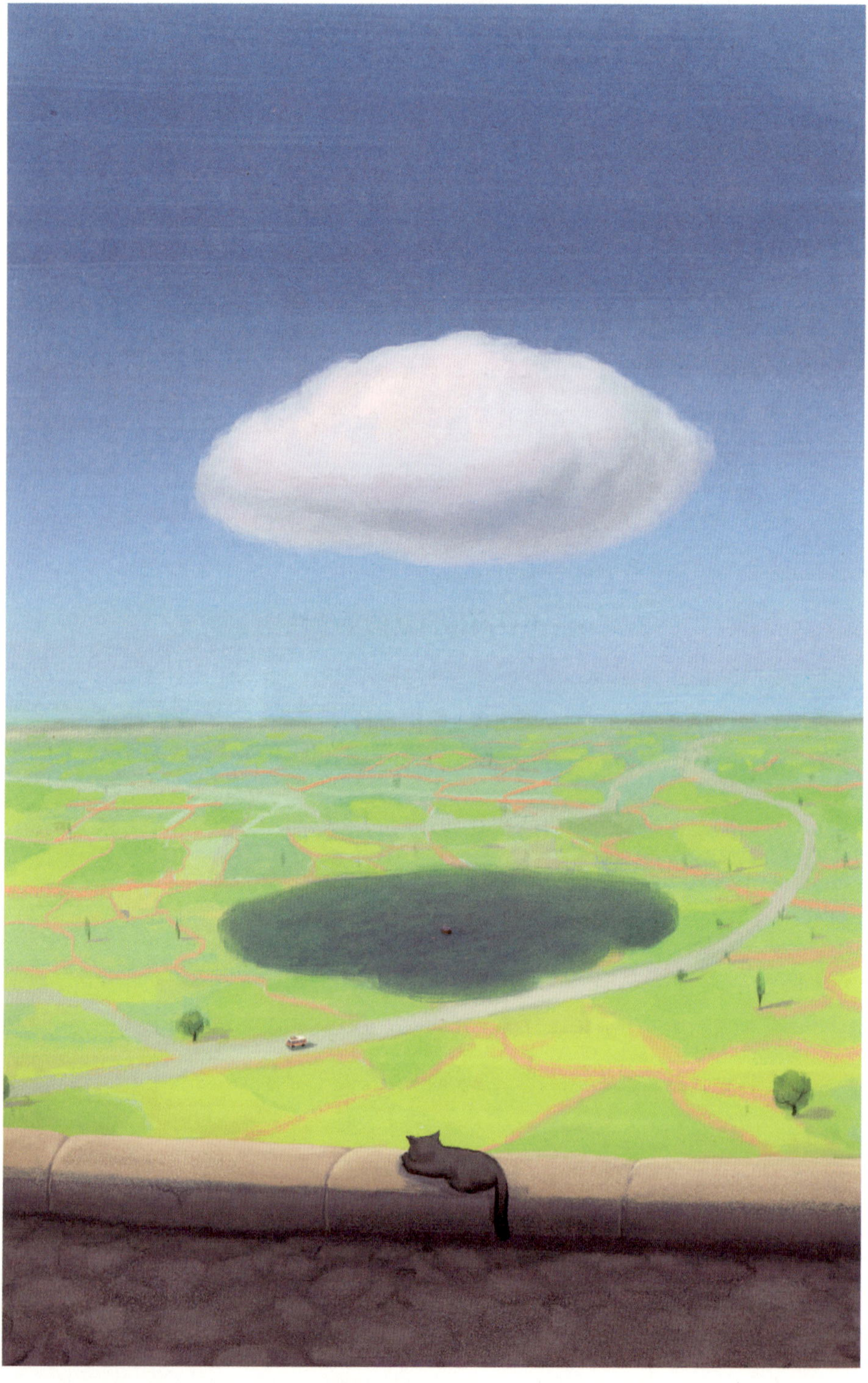

不因"在意",而"刻意"

我们总希望在一段关系里固定点什么。为了维持关系,变得小心翼翼,甚至刻意去表现某种不属于自己的品质,比如,开朗、幽默、大度,等等,讨得他人的喜欢和认可。会因为一些小事而担心对方是不是生气,或者不喜欢;会因为太在意,不自觉地放大对方的眼神、脸色、语气、举止反应等,暗自纠结揣度。

此时,我们的内心已经是极度敏感了,既敏感别人伤害你,也敏感自己困扰别人。你以为对别人好就可以换来长久,结果却发现越是在乎,越不得重视;越想握紧,流失得越快。

毕竟,不是每一场"觥筹交错",都能换来"肝胆相照";不是每一次"推心置腹",都能收获"知己至交";不是每一回"掏心掏肺",都能赢得"深情厚意"。

与其失落、伤感、意难平,不如把真心留给自己,留给更值得的人和事。

不较真不执着,亲疏随缘

喜欢刘瑜在《送你一颗子弹》中说的一段话:"那些与你毫无关系的人,就是毫无关系的。"

"从第一天开始,其实你就知道。就算笑得甜甜蜜蜜,就算你努力经营这段关系。而那些与你有关的，就是与你有关的，逃也逃不掉的，就算你们只见过三次，三年才搭理一次，就算是你们隔着十万八千里。

"有些人注定是你生命里的癌症，而有些人只是一个喷嚏而已。"

真正好的关系是不需要你谄媚迎合的。所有出现在自己生命里的人，来去随缘，惜缘随缘不攀缘，才是成年人应有的社交方式。

如梁实秋所说的："你走，我不送你。你来，无论多大风多大雨，我要去接你。"

来时，好好珍惜对方。走了，也不要惋惜，因为有些人注定只能陪你到这了。

做好自己，胜过取悦他人

一个成熟独立的人，首先应该是一个悦己者。

三毛曾说："我们不肯探索自己本身的价值，我们过分看重他人在自己生命里的参与，过分在意别人的评价。于是，孤独不再美好，失去了他人，我们惶惑不安。"

道理很简单：与其总在别人的戏里跑龙套，不如在自己的剧本里做主角。

按照自己的节奏做事，不需要为了取悦别人，而改变自己的本真，更不需要在他人的评价里，找寻自己的存在感。

一只站在树枝上的鸟，从来不担心树枝会突然折断，因为它相信的不是树枝，而是它自己的翅膀。一个人也要相信自己，尊重自己，不要用别人的价值体系来定义自己。当你浑身散发出自信的光彩，自然会吸引到同频共振的朋友。

做好自己，那份骨子里透出的淡定从容，会让我们无畏无惧，风来不惊，雨来不惧，成长为一道独自美丽的风景！

每个"今天",都是礼物

不少人都会被电影《功夫熊猫》里的一段台词触动到:昨天是段历史,明天是个谜团,而今天是天赐的礼物,要像珍惜礼物一样珍惜今天。

今天是什么?

今天就是我们所拥有的当下,是我们所经历的,最生动、最真实可触的此时此刻。

朋友,不知道你的今天过得怎样,它可能是布满惊喜与收获的一天,也或许是不怎么完美的一天。无论是哪种,你是否珍惜了今天呢?

要知道我们的心灵,有时候像个任性的孩子,不愿意停留在所拥有的"当下"。时不时地,它可能钻进回忆的密林深处,又或者漫步到了未来的某一刻。

比如在备考的时候担心考不上的问题,在工作的时候分心生活上的琐事,在追逐梦想的时候害怕过往的失败……

固然，思考过去和展望未来对建设我们的生活至关重要，但是，通常我们的问题是：过分专注于过去或未来，被它们不断地偷走时间，等回神时，眼下的现实没有丝毫改变。时间消磨了，精力损耗了，却找不到充实的感觉。

和昨天、明天比起来，"当下"是我们唯一能握住的真实。认真过好每一个今天，我们在面对过去和未来时，才能真正做到坦然、自信、无惧。

那么，活在当下，究竟指向怎样的状态呢？

活在当下，就是收敛无关的思绪，付诸具体的行动。把专注力锚在一个点上，一件具体的事务上，心无旁骛地推进。这个过程，难免发生试图攫取注意力的"杂音"，以及动摇行动力的"念头"，不要心急，游移后及时归位，逐步延长专注的时间，直至成为自觉的习惯。

活在当下，就是用心捕捉"与你照面的存在"。以婴儿的新鲜感，认真地感受你所处的世界，你所看到的、听到的、闻到的、触摸到的一切，都是礼物：早晨的阳光、途经的花木、邂逅的行人、交流的话语、品尝的滋味……这些体验的总和，共同搭建了今天，汇聚成当下。它们有的带来喜悦，有的滋生压力，好的坏的都请欣然接纳，当作淬炼自我的成长。

活在当下，就是处理好与过去、与未来的关系。关注当下，不是丢掉对过去的总结，对未来的畅想，而是能更好地衔接它们。从过去摘一缕经验，从未来借一点希望，而后集中力量投入到眼下的耕耘，时刻提醒自己：只有"此时此刻"，才是构建"你可以成为谁"的重要工具。

　　活在当下，就是更为通透地理解生命。你可能很难认识到，许多烦恼源于你无法将自己从往事中释放，又对未来附加了太多的恐惧，而当下的一切却被不值一提地忽略，甚至遗忘。经历越多，越会深刻地体悟：能够感受此时此地的幸福，已是最大的满足之事。那些不可追、不可控的事情，与其过度沉溺，不如静待时间的答案。不执着于"有"，不执着于"无"，方得自在。

　　活在当下，不是及时行乐，而是视眼下的分秒为不可复制的礼物。好好地感受它、爱它、丰盈它。如诗人所说："今天是唯一留下的存在/是属于我的一切。"日子总会一帧帧地闪过，但愿你把每一个"当下"过得结结实实，不留遗憾。

来吧，敬你

或许总有一天，你我都会发现并承认，这世界不是由黑白组成的，有快乐、得意，也有无常、唏嘘；有张狂、激情，也有平淡、安宁……

是这彼此矛盾又和谐的过往，构成了此刻的我们，有故事的你和我。

这本书的最后，我们不妨以一篇"敬"文，和曾经的自己把盏言欢。

来吧，敬每一个热爱生活的人。

"我敬你满身伤痕还如此认真"

你已经走了很久的路，在布满荆棘看不到光的日子，生活的沉重、工作的失意、学业的压力，或许还有爱而不得的惶惶与哭泣。面对风雨无常的世界，你在自己的城池中认真打点，梳理每一个如期而至的日子，迎接每一个登门而来的友人。

只有认真，唯有认真，好好地活，尽情地过，许曾经的伤痕以芳芬。

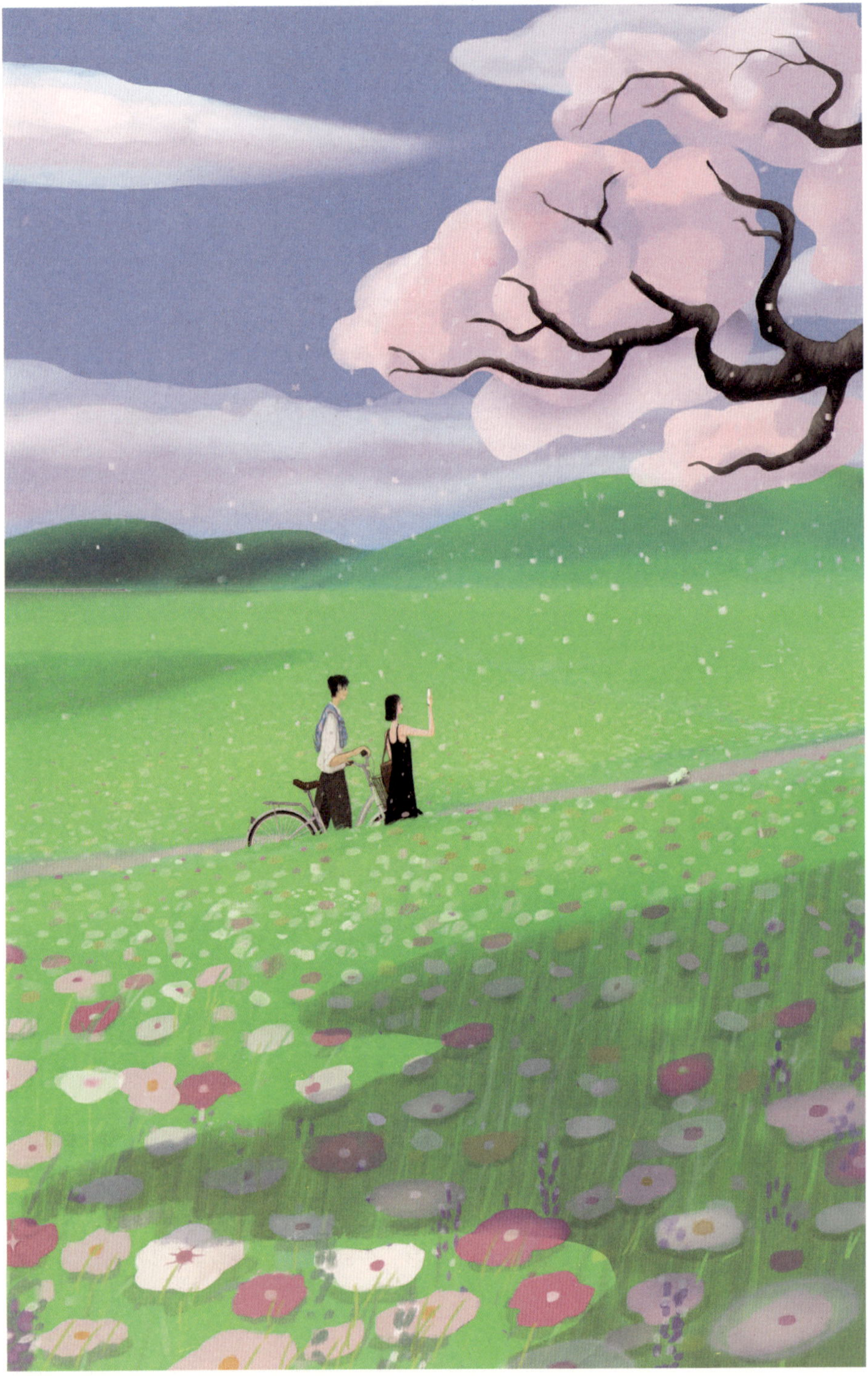

"我敬你万千心碎还深藏一吻"

在剧烈的爱恨中,每一场命中注定的相遇,爱过,无怨。在错付的遗憾中,每一次离合聚散的悲欢,泪过,无悔。

你有万千心碎,也有凶猛欢喜,所爱有辜负,深情却是你的底色。此后尘路,以吻生花,坦坦而歌。

"我敬你历经风霜还温和诚恳"

走过平湖烟雨、岁月山河、风霜严逼、世事摧磨,身披万千故事,你却一笑纳之不事声张。像历经苦难依旧温良的母亲,像栉风沐雨敦厚如故的父亲,带着柔软的身体来到世上,又怎忍带着坚硬的面孔离去。

温柔的背后,不是懦弱,是智慧与见识的支撑,是对砺砺一生、所历种种,投以宽容。

"我敬你前途无量还心怀分寸"

得志时,你顾念那失意痛苦的;风光时,你记挂那默默无闻的。你谦卑、得体且有礼,看罢人间百态,更知存在骨子里的还有侠义方寸。不论眼前繁华还是落寞,知敬畏,守初心。

"我敬你人去楼空还有刀有盾"

在广袤孤独的荒原,一次次,你竖起自己的战旗,没有助威喝彩,亦无封名嘉许。长大后的你,虽没有超能力,却做了童年中梦想的黑骑士,勇敢地向现实的困难挥剑亮戟。哪怕胜算了了,前途未卜,你要拼,你要决斗,像生于深海中的鱼族,若不自燃便只有漆黑一片。

"我敬你看惯红尘还热泪滚滚"

有的人,习得世事洞明的能力,也丢失了纯真的感性,开始对所有事情习以为常,对日复一日失去警觉。

可你,偏不。要对抗这麻木、要刺破这世故,给昏昏欲睡的心灵以热血,给波澜不兴的日子以激情。虽然做"不一样"的人,很辛苦,但你更不想的是,在青春的年龄,过早地老去。

"我敬你生活美满还奋不顾身"

生活从来都不容易，当你觉得容易的时候，肯定是有人在替你承担属于你的那份不易。是父母在，仍远游，守在边疆哨岗的他们；是子女幼，仍奔赴，和病毒正面交手的他们；是年纪小，仍逆行，向烈火猛焰扑去的他们；是洪水凶，仍无惧，向受困生命走去的他们。有人说，英雄，是披荆为冠斩棘为袍，从不会输。也有人说，英雄，就是普通人拥有一颗伟大的心。

"我敬你脚踏实地还手指星辰"

你俯身，在生活的土地上耕耘，挥洒真切的汗水，收获沉甸的果实。你也仰望星空，为了不把生命献给平庸和低俗，而选择追寻更大的浪漫与征程。

你所热爱的一切，你所憎恨的一切，你所拥有的最宝贵，都能在宇宙中找到答案。在大地上跋涉，也记得对自己温柔。你只不过是宇宙的孩子，与植物、星辰没什么两样。

愿每一个善良而勇敢的普通人，都能快乐地生活。

注：
文中标题出自歌曲《敬你》。

后记

我们想出这样一本书——

告诉你我们所讶异的：为何文字，尤其是落在纸上的文字总是恒动人心。

告诉你我们所乐此不疲的：记录的，是新闻中的鲜活与难忘；仰望的，是比肩星辰的人；着迷的，是取之不竭的中文之美；热爱的、心动的，是无数个名曰"人间值得"的时刻。

告诉你我们所动容的：十年了，谢谢你，无问西东，无问芳华，把每晚睡前最柔软的时光交给了《夜读》。

告诉你我们所如愿的：很幸运，我们与你，此刻共同拥有了这本书。当我们的目光为同一页文字而停留，虽未谋面，也算相遇。

久违了，我的朋友！

央视新闻《夜读》团队

版权声明

本书亦有引用央视新闻《夜读》读者提供的内容，
如有读者对所引内容存有疑义，请及时与我们联系。

联系邮箱
yedu_cctv@126.com